Promemoria

38

DELLA STESSA SERIE
nella collana «La memoria»

Un Natale in giallo
Capodanno in giallo
Ferragosto in giallo
Regalo di Natale
Carnevale in giallo
Vacanze in giallo
La scuola in giallo
La crisi in giallo
Turisti in giallo
Il calcio in giallo
Viaggiare in giallo
Un anno in giallo
Una giornata in giallo
Cinquanta in blu. Otto racconti gialli
Una settimana in giallo
Una notte in giallo

Esmahan Aykol, Andrea Camilleri,
Gian Mauro Costa, Marco Malvaldi,
Antonio Manzini, Francesco Recami

Capodanno in giallo

Sellerio editore
Palermo

2012 Prima edizione «La memoria»

2023 Prima edizione «Promemoria»

Traduzione dal turco di Şemsa Gezgin

Questo volume è stampato su carta Holmen Book Cream prodotta dalla cartiera Holmen Paper AB con l'impiego di fibre cellulosiche provenienti da gestione responsabile delle foreste e da altre fonti controllate.

Capodanno in giallo / Aykol ... [et al.]. - Palermo : Sellerio, 2023.
(Promemoria ; 38)
EAN 978-88-389-4600-4
1. Letteratura poliziesca - Antologie.
I. Aykol, Esmahan <1970->.
808.83872 CDD-23 Pal0365745

CIP - *Biblioteca centrale della Regione siciliana «Alberto Bombace»*

Nota dell'editore

L'anno scorso abbiamo chiesto ad alcuni degli scrittori di gialli più amati del nostro catalogo di raccontare come immaginavano il Natale dei loro personaggi: così è nato Un Natale in giallo, *volume che è stato un grande successo.*

La nostra intenzione era di fare un esperimento di lavoro letterario collettivo. Un'impresa comune da parte di scrittori diversi, realizzata mettendo in collaborazione – in serie, in officina, in laboratorio – non il lavoro, ma un soggetto. Scrittori che scrivono insieme perché tutti scrivono su uno stesso soggetto. Per poi scoprire le convergenze e divertirsi con i capricci del destino o le leggi ferree dell'abitudine.

Visto il buon esito, abbiamo pensato con i nostri amici scrittori di ripetere l'esperimento, ma cambiando la festa di riferimento. L'anno scorso fu il Natale, quest'anno sarà il Capodanno l'occasione per cui si ritroveranno insieme e separati nello stesso libro ad agire Salvo Montalbano di Camilleri, Amedeo Consonni e gli altri abitanti della Casa di Ringhiera di Recami, Rocco Schiavone di Manzini, Kati Hirschel di Esmahan Aykol, Enzo Baiamonte di Costa e infine Massimo del BarLume di Malval-

di. E la cosa che subito incanta è che tutti, rispetto alla ripetitività, hanno lo stesso atteggiamento, e che tutti passano il Capodanno in locali pubblici, in quelle tristi feste di cotillons. A sottolineare la solitudine dell'investigatore, cioè l'inevitabile isolamento di chi ha a che fare con la ricerca della verità. Però grazie a questo secondo volume, è anche interessante poter confrontare gli atteggiamenti diversi che hanno i detective rispetto alle due separate festività e scoprire le variazioni (ecco che significa, quando si dice che i personaggi sembrano vivere di vita propria!). Caratteri difficili e originali ognuno di essi, però hanno in comune di essere orsi, di avere in uggia le ritualità e il dovere di divertirsi per forza. Ma, mentre nel caso del Natale la forzatura da cui si sentivano imprigionati proveniva dall'obbligo familiare o familistico, qui, nel caso del Capodanno, la forzatura proviene al contrario tutta dal doversi socializzare, dal doversi divertire in pubblico, in una parola dalla forzata allegria (che non a caso viene subito sequestrata e negata dal delitto: mentre ai tempi del Natale il delitto si infiltrava più come un'insinuazione che come una negazione).

Il concetto del commissario Montalbano di un buon Capodanno è semplice e chiaro: gli «arancini» della brava Adelina. L'ultimo dell'anno per lui è tutto uno slalom per schivare inviti: la notizia che Livia non potrà raggiungerlo, causa impegni di lavoro, sembra averli scatenati: inviti d'affetto, inviti di lavoro, inviti di cerimonia (e il più commovente e difficile da evitare è quello di Catarella). Montalbano deve trovare scuse su scuse, alcune davvero fantasiose, per potersi godere in pace un piacere agogna-

to da 364 giorni e, in questa fine d'anno, tale sforzo inventivo sembra diventato il suo vero lavoro. Al di sotto, però, bolle fino a scoppiare, un caso scabroso. Una ragazza, molto giovane, figlia di un caro e onesto conoscente, è sotto ricatto, minacciata da un latitante. Montalbano dovrà prima decifrare un rebus per catturarlo. Nessuno dubita del suo successo, ma verrà a capo anche del caso degli arancini?

Con il suo distacco, Francesco Recami gestisce una commedia degli errori da ultimo dell'anno nella sua Casa di Ringhiera. Amedeo Consonni sta per bruciare nel caminetto il fascicolo di un caso di omicidio che stava nel suo archivio, quando qualcosa lo colpisce e lui cade insanguinato: questo, almeno, ha visto la professoressa Angela, sua ospite per il cenone. Nel medesimo lasso di tempo, altri brividi atterriscono la Casa di Ringhiera: un avvelenamento, un oltraggio morale, perfino un traffico di strane valigie di sudamericani (stupefacenti?). Troppi allarmi per polizia e ambulanze, sembra tutto uno scherzo. Ma intanto circola, tra le scale e i ballatoi, un'autentica pulsione di morte, incarnata nella disperazione vera di uno degli inquilini. Ed è forse per difendersi da questa, che la Casa di Ringhiera, persona collettiva o sistema-personaggio ingegnato da questo scrittore del disagio metropolitano, organizza come un anticorpo il suo caos intelligente.

Antonio Manzini è invece scrittore di noir realistici. In questo racconto, il realismo ha una svolta decisamente verso quella amarezza che miscela sensazioni di tanti tipi che è comodo riassumere nell'aggettivo chandleriana. *Il Capodanno del vicequestore Rocco Schiavone non potrebbe essere più ruvido, perché con il nuovo anno avrà da sopportare un trasferimento punitivo. È un poliziotto complicato cui non si adatta l'epiteto di onesto, ma nemmeno quello di senzacuore. Poco prima della festa con i colleghi che ha rifiutato, gli capita un delitto che in una notte lo porta lontano. A martellate è stato spaccato il cranio di un pensionato-barbone. Unico testimone un altro barbone. Come quest'ultimo ha avuto una vita ben dignitosa prima del tracollo, anche il morto è stato una persona socialmente distinta, un ragioniere, anzi, come si dice, un fiscalista. E scavando in questo passato, rapidamente* Rocco *arriva agli ultimi, vecchi, scampoli slabbrati rimasti di una sorta di piccola banda della Magliana. Un nero racconto di Capodanno, in cui frullano alla velocità di una prosa scabra tanti dolori di uomini ingiusti, dalla morale che spinge a riflettere sulla società: la miseria oggi può essere così nera da risultare peggiore della stessa galera.*

Esmahan Aykol, scrittrice turco-tedesca di satirici gialli di costume, ha come eroina una stambuliota che più stambuliota non si può per come sa correre la sua città in lungo e in largo. Ma in realtà Kati Hirschel è una tedesca che gestisce a Istanbul *una libreria specializzata, insieme a due amici impiegati: Fofo, un raffinato da rotocalco che sa di ogni cosa se sia trendy o démodé, e Pelin, una ragazzetta permalosa e combinaguai. Forse c'è un'aria da* Alta fedeltà *in tutto questo. Ma ciò che è più che tipicamente originale nei racconti di questa creatrice di gialli brillanti è una specie di gioco degli specchi etnico, o occidentale-orientale come il famoso divano. I vizi, le gaffe, i conformismi, le cadute di gusto occidentali di cui non ci rendiamo con-*

to causa troppa vicinanza, sono messi alla berlina grazie allo sfondo di costumi diversi che li fa risaltare, e lo stesso avviene viceversa per i costumi orientali. E questa satira di costume doppia dona magia e lampi di luce irresistibili al palcoscenico su cui si svolge. La varia, enorme, in perenne movimento, confusa, vivissima, obbligatoriamente tollerante e anticonformista Istanbul, la vera protagonista, la Porta dell'Occidente dall'Oriente e dell'Oriente dall'Occidente, che assurge a una specie di simbolo del futuro dell'Europa. Proprio il giorno del cenone di Capodanno, che lì è una cosa strana («mentre i religiosi condannano i festeggiamenti, i laici addobbano di luci un pino che chiamano "albero di Capodanno" e ci mettono sotto i regali») sparisce nel nulla Lale, la cara amica di Kati, e questo diventa un buon motivo per una corsa avventurosa di indizio in indizio per tutta la città del Corno d'Oro.

A prima vista non sembra, ma ai suoi affezionati lettori non sfugge quanto piacciono le donne a Enzo Baiamonte, l'elettrotecnico investigatore che compie le sue imprese nei romanzi di Gian Mauro Costa. La mite, aggraziata Rosa, tutta interna al molto decente universo della semiperiferia palermitana, così solida e affettuosa, è tutto quello che, da sveglio, Baiamonte desidera avere. Ma se le avventure per i personaggi dei romanzi sono quello che i sogni sono per le persone vere, il desiderio di Baiamonte è sotterraneamente dominato da splendide donne, magari eleganti, nei costumi sociali e nelle vesti, e invitanti e formose: insomma, rappresentanti di tutto quello che non si può permettere. Ma in questa notte di Capodanno per Baiamonte è come se fosse venuto il momento di riscat-

tarsi, almeno simbolicamente. Per una volta può battersi solo per i begli occhi di una signora, servirla come un cavaliere del destino. Alla festa di Capodanno, organizzata sulle colline di Baida, dove è andato con fidanzata e «cognato» poliziotto, c'è un pezzo della società che Baiamonte odia ed ama e i presenti (gente del quartiere, colleghi del poliziotto, conoscenti di Rosa) svolgono diligentemente il loro copione disprezzato e rassicurante. Ma durante il pranzo il detective per caso si sente osservato: «era una donna piuttosto attraente, con i capelli ondulati sulle spalle, due occhi di fuoco, un seno vistoso, la bocca larga e sensuale». Lei gli sibila, appena può: «tu mi hai rovinato la vita» e lui passerà l'intera nottata a scoprire come riaggiustargliela.

Può non essere un Capodanno beffardo, il Capodanno del Barrista Massimo (autore Marco Malvaldi, l'inventore della saga del BarLume)? E infatti si svolge il 25 marzo. La Loggia del Cinghiale, di cui il Barrista è un affiliato, lo festeggia allora in costume da frate e lo bagna con abbondanti libagioni. Che poi, trattandosi del cosiddetto «Capodanno Pisano», vengono smaltite nientedimeno che nel battistero di San Giovanni. Luogo sacro e in se stesso misterioso, per via di effetti di luce solare e di acustica (esistenti nella realtà e studiati dai matematici di tutto il mondo e non inventati dall'autore). Qui davanti a decine di individui travestiti con sai e nascosti con cappucci, avviene qualcosa di orrendo e di apparentemente rituale: dal matroneo precipita il corpo di una donna. Grazie alle sue entrature nella Loggia, Massimo, che si è fatto una fama di investigatore spiccio e acuto, e soprattutto miscre-

dente, è coinvolto in un delitto che avrebbe potuto prendere una piega soprannaturale e che viene riportato a livello della terra, smascherando l'illusione scenografica alla Dan Brown. E il tutto anche senza l'ausilio solito dei Vecchietti del BarLume.

Le trame dei sei racconti, che qui abbiamo sommariamente riassunto, testimoniano della fedeltà degli scrittori al loro stile narrativo e alle atmosfere dei loro romanzi così come sono familiari ai lettori. Ma soprattutto è il carattere usuale e conosciuto dei loro personaggi che questi racconti mettono in risalto e rimodulano. Essi, infatti, sono chiamati a seguire lo spartito di una situazione tipica, addirittura rituale qual è una festa di Capodanno, dentro la quale il protagonista deve riuscire a cantare la propria parte restando ovviamente se stesso. La scommessa che abbiamo fatto con i nostri scrittori, ci pare, almeno sul piano letterario, abbia raggiunto in pieno lo scopo, che era un po' più alto e difficile del già arduo compito di scrivere un giallo nelle pagine di un racconto. L'obiettivo era un altro: riuscire a far continuare, per così dire, la vita dei loro eroi oltre i loro casi polizieschi; rappresentare i nostri amici detective una volta smessi i panni dell'indagine e mostrare come si comportano in una situazione neutrale, quando credono di essere tornati nelle vesti di persone di tutti i giorni: nella notte del veglione di Capodanno.

2012

Capodanno in giallo

Andrea Camilleri

Una cena speciale

Uno

Trasenno 'n commissariato, Montalbano s'addunò con sorprisa che Catarella non era al sò posto nel centralino, pirchì quanno era 'n sirvizio non si cataminava da quello sgabuzzino che era il sò quartiere ginirali. Forsi era 'nfruenzato, in quell'urtimi jorni di dicembriro il friddo era stato forti assà. 'Nveci lo vitti che s'attrovava nel corridoio indove si raprivano le porte dell'uffici, 'ntento a trafichiare tra 'na longa fila di fotografie appizzate al muro.

Tutte ritraevano le facci, certamenti non da concorso di billizza, di ricercati assà perigliosi, in gran maggioranza mafiosi latitanti, e stavano esposte accussì 'n bella mostra pirchì l'òmini del commissariato, passannoci davanti continuamenti, s'arricordassiro sempri i tratti di quei sdilinquenti. E 'n caso di 'n incontro casuali procidissero 'mmidiato all'arresto.

O almeno, questa era la pia 'ntinzioni. In realtà, sarebbi stato difficili arraccanosciri a Girolamo Boccadoro, quintuplice omicida, tanto per fari 'n esempio, dalla 'ngialluta fotografia esposta la quali rapprisintava un picciotto trentino coi baffetti e i capilli nìvuri, dalla taliata sfottenti e il sorriseddro bastardo, dato che quello era latitanti da quarant'anni e ora era un vicchiareddro sittantino.

«Che stai facenno?».

«Dottori, siccome che aieri la squatra Accatturandi di Montelusa ne accatturò a dù che erano nella latitazioni staio livanno le rispettevoli fotorafie».

«Meno mali, dù di meno».

«Nonsi, dottori, conto sta sbaglianno. Le vintotto fotorafie sempri vintotto arrestano».

«Ma se hai detto che dù che erano alla macchia...».

«Io ci parlai di 'na macchia? Vidissi che vossia errori fa, non c'è nisciuna macchia, tutto pulitissimo è. La facenna è che essennosi 'n autri dù sdilinquenti datosi alla latitazioni, la quistura ha mannato le rispettevoli fotorafie da appizzare».

Montalbano detti 'na taliata alle dù foto nove e s'avviò verso il sò ufficio, ma Catarella gli corrì appresso.

«Ah dottori! A momenti facivo sdimenticanzia. Ci volivo diri che Fazio tilefonò».

«Non può venire? Sta male?».

«Nonsi, dottori, non attrattasi di Fazio figlio che attrovasi in loco, ma attrattasi di Fazio patre del figlio e...».

«... dello Spirito Santo. Vabbeni, se richiama me lo passi. Intanto dici a Fazio di viniri 'nni mia».

«Dottori, addimanno compressione e pirdonanza ma non accapii. Ce lo devo passari o gli devo diri di viniri 'nni vossia?».

«Ti staio dicenno di fari viniri 'nni mia a Fazio figlio!».

«Allura glielo dico subitissimo, dottori. Ma mi spiega che ci trase lo Spirito Santo?».

«Te lo spiego 'n'autra vota, Catarè».

«Tò patre stamatina mi tilefonò ma io ancora non ero arrivato. Lo sai che voliva?».

«Nonsi, ma pozzo 'ndovinari».

«E 'ndovina».

«Di sicuro voli 'nvitare a vossia e alla signorina Livia a passari con noi la notti di Capodanno».

«Purtroppo molto probabilmenti Livia non ce la farà a scinniri» gli scappò di diri.

E subito sinni pintì. Pirchì ora, saputolo sulo, tutti si sarebbiro fatto un doviri di volirlo ospitari nelle loro case nella notti di festa.

Mentri lui nutriva la sigreta spiranza che, ammancanno Livia, la cammarera Adelina l'avrebbi 'nvitato a passare la nuttata con la sò famiglia, mangianno i maravigliosi, unici arancini che sulo lei sapiva fari accussì boni.

«Se è sulo, 'na raggiuni chiossà per accittare l'invito di mè patre» dissi 'nfatti Fazio.

Montalbano murmuriò qualichi cosa che non s'accapì. Fazio sinni tornò nella sò càmmara a travagliare.

Cinco minuti appresso s'apprisintò Mimì Augello con un sorriso che gli tagliava la facci. Trasì, chiuì la porta, s'avvicinò alla scrivania e parlò con voci cospirativa.

«Vero è che Livia non veni?».

«E a tia che tinni futti?».

«Salvo, è 'na cosa seria, dalla quali addipennino un sacco di cose. Che ti costa? Vero è o no?».

«Vero è».

«Talè, Salvo, ti offro 'n'occasioni unica!».

«Sarebbi?».

«'N'occasioni da liccarisi le dita!».

«Me la dici sì o no?».

«Aio suttamano a dù gemelline vintine, Else ed Helen, tedesche di passaggio».

«Indove le hai accanosciute?».

«'Na matina passata ccà, 'n commissariato, per 'na facenna di passaporti. Aieri a sira le ho 'nvitate a cena. T'assicuro che m'hanno ripagato con granni ginirosità».

«Ma pirchì mi veni a contare 'sta storia?».

«Non hai capito?».

«No».

«Tu e io, la sira di Capodanno, ce le portamo a mangiare, e soprattutto a viviri vino e sciampagni a tinchitè al Madison, appresso facemo dù o tri giri di ballo, po' annamo a Montelusa all'albergo Jolly indove preventivamenti avemo prenotato dù càmmare matrimoniali e 'naguramo bono l'anno che veni. Chi 'nni dici?».

Montalbano non arrispunnì, lo taliò.

Ma lo taliò accussì malamenti che Augello isò le vrazza 'n signo di resa e s'arritirò protestanno:

«Ma era 'na semprici proposta!».

Appena che Augello niscì a Montalbano vinni da ridiri.

Tutto 'nzemmula si era viduto al Madison mentri che abballava con 'na picciotta tidisca mezzo 'mbriaca.

Squillò il tilefono.

«Ah dottori! Ah dottori dottori!».

Quella era la lamentazioni tipica di quanno chiamava il signori e guistori. Perciò non ebbi bisogno di spiare chi lo voliva.

«Passamillo».

«Montalbano?».

«Buongiorno, signor questore».

«Buongiorno, Montalbano. Questa, fortunatamente, non è una telefonata di lavoro».

«Meglio così».

«Mia moglie ed io saremmo lieti se lei e la sua fidanzata poteste venire da noi per la cena di Capodanno».

Matre santa! Questa non se l'aspittava propio! Per un attimo, vitti all'arancini lentamenti scompariri all'orizzonti. E questo non potiva permittirlo per nisciuna raggiuni al munno. Ma che farfantaria avrebbi potuto contarigli?

«Ringrazio la sua signora e lei per la squisita gentilezza ma sono veramente mortificato di non...».

Di non... con quali scusa? Non gliene viniva 'n testa una che fusse una. Accomenzò a sudari a malgrado del friddo che faciva.

«Ha già preso un impegno?».

«No, ma il fatto è che...».

E ccà, tutto 'nzemmula, capitò il miracolo. Le parole continuaro a niscirigli dalla vucca belle, pricise, filate, ammaravigliannno per primo a lui stisso.

«... il fatto è che Livia arriva a Palermo con l'ultimo volo del 31 sera, io l'andrò a prendere e quindi ceneremo in un ristorante di Palermo dove un suo lontano cugino...».

Pigliata l'abbrivata, avrebbi potuto continuari ancora per un'orata, ma il quistori l'interrompì.

«Ho capito. Pazienza, lo dirò a mia moglie. Comunque ci vediamo per gli auguri rituali».

«Certamente».

Era arrinisciuto a scansarisilla. Si susì e fici tri giri torno torno alla scrivania fregannosi le mano e canticchianno. Si era appena novamenti assittato che tuppiaro. Era Catarella.

«Dottori, siccome che come qualmenti mi dissiro ora ora 'na cosa di riguardo a vossia...».

«Che ti dissiro?».

«Che la sò zita ebbi 'n impidimento a fari la scinnuta. Giusto mi dissiro?».

«Giusto».

Catarella si gonfiò come a un gallinaccio, addivintò russo 'n facci, si misi sull'attenti, fici il saluto e dissi:

«Allura, se vossia mi voli fari l'anuri di passari la notti di Capodanno 'nni la mè casuzza, ci dugno assicuranza che mè soro Trisina cucina bono e che 'u vino di...».

Montalbano si commovì e l'interrompì. E stavota gli dispiacì veramenti di contare 'na farfantaria.

«Catarè, t'arringrazio di cori. Ma accettai propio un minuto fa l'invito del signori e guistori».

Catarella, dispiaciuto, allargò le vrazza e sinni niscì. Ma un attimo doppo raprì novamenti la porta.

«Ah dottori! Ci volivo diri che c'è in loco Fazio patre del figlio che dici che se l'arricivi quanno avi tanticchia di tempo».

«Fazzo 'na tilefonata e po' l'arricivo».

Fici il nummaro della sò casa di Marinella con 'na certa trepidazioni. Era arrivato al momento cruciali: vidiri se Adelina l'avrebbi 'nvitato. L'anno avanti, che era il secunno del sò commissariato a Vigàta, l'aviva fatto e lui ci era annato e si era sbafato otto paradisiaci arancini uno appresso all'autro. Ma po', quattro misi doppo, era successo che... Da tempo, a Vigàta, c'era in azioni 'na banna di latri d'appartamenti che aviva fatto nasciri malumori e lagnanze tra la genti sicché un jorno Montalbano, stuffato, aviva dato l'incarrico ad Augello d'arristarli.

Mimì ci si era mittuto d'impegno ed era arrinisciuto a firmari a un tipo sospetto e a mittirlo sutta torchio. E quello, doppo vintiquattr'ure di 'ntirrogatorio, era sbracato, aviva confissato e aviva fatto i nomi dei dù sò complici. Uno dei dù, con grannissima sorprisa del commissario, era Pasqualino, un figlio di Adelina. Montalbano, che aviva avuto modo di conoscirlo e di praticarlo, gli volli parlari di pirsona.

«Mi dispiaci, ma ti devo mannari 'n galera».

«Di che si dispiaci, dottò? Vossia fa il sò misteri e io fazzo 'u mè. Nenti di pirsonali, vossia resta per mia quello che è sempri stato».

«Ma non pensi al dolori che dai a tò matre?».

La risposta di Pasqualino era stata d'una logica perfetta.

«Dottò, il dolori a mè matre non ce lo dugno io che arrobbo, ma vossia che mi arresta».

Ma Adelina aviva continuato ad annare a Marinella come se non era capitato nenti. Quanno l'aviva contato a Livia, quella si era scantata.

«Mandala via!».
«Ma perché?».
«Perché un giorno o l'altro ti avvelena per vendicarsi!».
Finalmenti Adelina arrispunnì.
«Mi pirdonasse se non arrispunnii subito ma non sintiva il tilefono pirchì stavo lavanno la verandina. Che c'è, dottori?».
«Ti volivo avvertire che dumani a matino puoi viniri come a 'u solito a puliziare la casa».
Adelina ristò 'mparpagliata. Po' parlò con voci fattasi sospittosa e guardigna.
«M'ascusasse la dimanna, ma non mi disse che stasira arriva la signurina Livia?».
Siccome che Adelina e Livia non si facivano sangue, quanno Livia era a Vigàta la cammarera non si faciva vidiri.
«Sì, ma po' aieri a sira mi tilefonò di no».
«E quanno arriva?».
«Mi spiegò che ebbi un contrattempo e non ce la fa assoluto a viniri per Capodanno».
«Vabbeni» fici Adelina.
Montalbano ristò col sciato sospiso. Ma Adelina l'aviva accaputo che la notti di Capodanno sarebbi stato sulo?
Stava per arripeterle che Livia non sarebbi vinuta quanno Adelina finalmenti si fici pirsuasa.
«Allura...» dissi.
E si firmò.
«Allura?» la 'ncitò, spiranzuso, il commissario.

«Allura pirchì non veni a mangiarisi l'arancini con nuautri?».

Ce l'aviva fatta! Ora potiva fari trasire a Fazio patre del figlio.

Due

«Lo sai, Fazio, che ti trovo molto bene?».

«Grazie, dottore. Si vidi che le cure mi giovano. E macari vossia è 'na billizza!».

«Mi volivi diri qualichi cosa?».

«Vegno ccà per dù motivi. 'U primo è per invitarla a passari con noi la notti di Capodanno».

Siccome che se l'aspittava, ebbi la risposta pronta. La farfantaria ditta a Catarella era riciclabili.

«T'arringrazio, ma purtroppo non posso. Ho già 'n impigno. Prima che tu arrivassi mi ha tilefonato il quistori per lo stisso motivo e tu capisci che non potivo arrefutari».

«Minni dispiaci assà ma ha fatto beni. Ora non ci fazzo perdiri tempo e vegno al secunno motivo. Vossia devi sapiri che io aio un vecchio e caro amico, cchiù picciotto di mia, un galantomo, 'na pirsona spicchiata, che s'acchiama Gasparino Lodato. Quello che ha un granni negozio di tissuti in via...».

«L'accanoscio».

«'St'amico avi a 'na figlia unica, vintina, 'na gran beddra picciotta che è la luci dell'occhi sò, seria, senza idee stramme per la testa, che studiava liggi all'Università a Palermo...».

«Ora non studia cchiù?».

«Nonsi, pirchì... Ma portasse tanticchia di pacienza che ci cunto la facenna con ordini».

«Scusami».

«'Sta picciotta, che s'acchiama Anita, un anno e mezzo passato, accanoscì a un picciotto e sinni 'nnamurò, arricambiata. Però volli, per qualichi tempo, tiniri la cosa ammucciata 'n famiglia. Senonché, doppo sei misi che la storia era principiata, qualichiduno lo dissi a Gasparino. Il quali mi fici il nomi del picciotto prigannomi di pigliare 'nformazioni supra di lui e io mi sintii moriri il cori».

«Pirchì?».

«Pirchì il picciotto era Antonio Barreca».

«Il killer dei Sinagra? Quello che da tri misi è latitanti?».

«Precisamenti».

«Che hai fatto?».

«Quello che dovivo fari. Io allura dissi a Gasparino che sò figlia doviva 'mmidiato lassare a quel picciotto e gliene spiegai la scascione. Sulo che Anita non 'nni sapiva nenti, lo cridiva propietario di tri piscariggi. E il bello fu che non ci voliva cridiri. Pinsava che fusse 'na manopira di sò patre. Sinni fici pirsuasa sulo quanno lui si detti latitanti e la sò figura comparse supra ai giornali e alla tilevisioni».

«E allura?».

«E allura per 'sta povira picciotta e per tutta la famiglia è accomenzato lo 'nferno».

«Lo 'nferno? In che senso?».

«Nel senso che Barreca non ci duna paci, voli che Anita lo raggiungi nella latitanza e resti con lui. E siccome che la picciotta non lo voli cchiù vidiri, sinni sta 'nserrata nella sò casa e per pricauzioni non va cchiù a Palermo a studiari, Barreca la cerca ogni jorno per tilefono, la minaccia, dici che se non va con lui l'ammazza, a Gasparino ha fatto tagliari le gommi della machina, gli ha spiduto un coniglio squartato, dici che gli mannerà a foco il negozio... Aieri Barreca fici a Gasparino 'na tilefonata che non s'accapì».

«Cioè?».

«Dissi che avrebbi fatto 'na tali rumorata, ma accussì grossa, che tutta Vigàta l'avrebbi sintuta, accussì si pirsuadiva finalmenti a mannarigli ad Anita indove avrebbi ditto lui».

Montalbano era chiaramenti strammato.

«Me lo spieghi pirchì, doppo tutte 'ste belle 'mprise di Barreca, il tò amico non è vinuto con tia a fari regolari dinunzia?».

«Dottore, che dimanna mi fa? Addinunziannolo, che ne avrebbi ottenuto? Quello latitanti è! Chi lo piglia? Chi ce lo metti 'u sali supra alla cuda?».

Montalbano pinsò alla longa galleria di ritratti che c'era nel corridoio e non dissi nenti.

Fazio continuò:

«E po' si scanta che se fa dinunzia Barreca s'incania chiossà. Se viniva con mia 'n commissariato, vossia può stari sicuro che Barreca l'avrebbi saputo subito. Amiciuzzi pronti a farigli un favori, o pirsone ai sò ordini, a Vigàta, ne avi assà assà».

Montalbano ci pinsò supra tanticchia.
«'Na soluzioni ci sarebbi».
«Me la dicissi».
«Pozzo circari di parlari col giudici per fari mittiri sutta controllo il tilefono della famiglia Lodato. E capace che Barreca, tilefonanno tilefonanno, si futti con le sò mano. Ma purtroppo, tu accapisci, non pozzo procediri».
«Pirchì?».
«Fazio, sei stato ccà dintra trent'anni e te lo scordasti? Senza dinunzia non mi pozzo cataminare».
«Dottore, supra a 'sto punto, Gasparino è...».
«Chiariscimi 'na cosa. Si scanta a fari la dinunzia o si scanta che si veni a sapiri?».
«Tutte e dù le cose. Ma soprattutto io penso che si scanta che si veni a sapiri».
«Allura fai come ti dico».
«Parlasse».
«Ordina al tò amico che devi cadiri malato. 'Na cosa passiggera, devi ristari quattro jorni a starisinni corcato».
Fazio lo taliò sbalorduto.
«Si spiegasse meglio».
«Tu e tò figlio, al secunno jorno, l'annate ad attrovare per vidiri come si senti. E lui vi dici che devi fari 'na dinunzia urgenti, ma che non si può susiri dal letto. Allura tò figlio si fa avanti e dici che in questo caso lui è autorizzato a pigliare sul posto la dinunzia. Gasparino la fa, tò figlio me la porta, io la 'nfilo dintra a un cascione e nisciuno 'nni sapi nenti. Mi sono spiegato?».

«Alla perfezioni» dissi Fazio patre del figlio, susennosi e pruiennogli la mano.

«Ti accompagno» fici il commissario.

Di ritorno, si firmò nel corridoio a taliare le foto dei latitanti. Eccolo lì, il carissimo Antonio Barreca.

I sdilinquenti hanno dù tipi di facci: la facci di sdilinquenti nato e crisciuto e la facci di pirsona perbeni. Barreca appartiniva a 'sta secunna categoria. Era un vintottino chiuttosto belloccio che pariva priciso 'ntifico a un diligenti 'mpiegato di banca e discindenti da genti onesta, timorata di Dio e rispittosa della liggi.

Sulo che gli gravavano supra alle spalli minimo minimo quattro omicidi accirtati.

Sinni stetti tanticchia a taliare la foto, po' si stava avvianno verso l'ufficio quanno ci fu il botto.

Fortissimo.

Il pavimento vinni scosso come per un bripito di friddo, i vitri delle finestre trimoliaro, 'na porta si raprì da sula, ci fu qualichi cosa di simili a 'na vintata d'aria,'na pila di carti in quilibrio instabili supra a un mobili si sfasciò cadenno 'n terra.

«Che fu? 'Na bumma?» fici Augello niscenno priccupato dalla sò càmmara.

«Bumma fu?» gli fici eco Fazio arrivanno di cursa seguito da Gallo e autri agenti.

«E chi 'nni saccio?» dissi Montalbano. «Certo che lo scoppio fu forti ma luntano».

«Che volemo fari?» spiò Fazio.

'N quel momento arrivò Catarella.

«Ora ora tilefonaro. 'Na voci balabuzianti dissi di corriri al Piano Lanterna».

Erano tutti stipati dintra a dù machine, una guidata da Gallo e una da Fazio. Appena che foro al Piano Lanterna, 'na grossa e densa nuvola nìvura di fumo 'ndicò loro la strata.

«La fabbrica di Santino satò!» fici voci un tali sbracciannosi nel vidirli passari.

«Minchia!» sclamò Fazio.

E mentri continuava a guidari, pigliò il microfono e avvirtì i vigili del foco di Montelusa.

Santino Larocca aviva 'na fabbrica autorizzata di fochi d'artificio e di botti che sutta Capodanno travagliava alla granni. Era 'na speci di grosso e vecchio magazzino 'n muratura nel quali, oltri al propietario, erano 'mpiegati tri operai.

Del magazzino ora ne ristava sì e no la mità, l'autra era crollata per l'esplosioni. Ma di 'sta mità ancora addritta era difficili valutari la condizioni pirchì era 'mpossibbili vidirla attraverso il gran fumo che la cummigliava. Però non c'erano sciamme di foco.

L'aria era grigia, pisanti, irrespirabili e faciva tussicoliari e lacrimiare l'occhi.

'Na cintinara di curiosi erano già sul posto, ma erano tinuti lontani da dù guardie comunali, che va a sapiri pirchì s'attrovavano ddrà in quel momento, e dallo stisso Santino Larocca, il propietario che evidentementi non s'era fatto nenti, il quali faceva voci:

«Stati luntani! C'è ancora piricolo!».

Montalbano, seguito da Augello, gli s'avvicinò.

«Tutti in salvo?».

«Nonsi. Pietro Trupia è ristato 'ntrappolato dintra. Mentri io corrivo fora, lo vitti cadiri e non si susì cchiù».

«Ma non lo si può lasciare lì» dissi Montalbano. «Forse è svenuto o è inciampato. Bisogna...».

«Che voli fari? Trasire dintra? Vidisse che il resto del magazzino può crollari da un momento all'autro».

Allura capitò 'na cosa che nisciuno s'aspittava.

Senza diri manco 'na parola, Mimì Augello corrì verso il magazzino, sparì di colpo 'n mezzo al fumo.

«Ma quello s'ammazza!» gridò Santino.

Montalbano s'attrovò allato a Fazio mentri s'apprecipitava appresso ad Augello.

«Indove voli annare?».

«Ddrà dintra c'è Augello!».

«E vossia resta fora!» dissi Fazio agguantannolo per le vrazza.

Montalbano circò di libbirarisi con tutte le sò forzi, ma la presa dell'autro pariva 'na morsa.

«Lassami, è 'n ordini!».

«Volemo mittirinni a fari a cazzotti davanti alla tilevisioni?» addimannò Fazio.

C'era la tilevisioni?

E figurati se quelli non s'apprecipitavano 'mmidiato come i corvi supra a un catafero!

Montalbano, che non se n'era addunato, ebbi un momento di 'ncirtizza. Ne approfittò Fazio per tirarlo tri passi cchiù luntano.

Ma com'è che Mimì non viniva ancora fora?

Montalbano s'obbligò a carmarisi. Se non lo vidiva carmo, Fazio non l'avrebbi mai lassato.

«Facemo 'na cosa» proponì. «Trasemoci tutti e dù».

«Nonsi».

«Ma cerca di raggiunari!».

«Se ci devi annare uno, ci vaio io» dissi arresoluto Fazio.

A Montalbano, per un momento, parse di essiri in un'opira lirica, quanno il coro canta «Andiamo, Andiam» e nisciuno si catamina.

Fu allura che dalla folla si livò un *oh* di maraviglia. Il commissario e Fazio si votaro a taliare.

Di 'n mezzo al fumo era vinuto fora un negro che tiniva tra le vrazza a 'n autro negro. E da indove arrivavano tutti 'sti negri?

Po' Montalbano accapì. Erano Augello e Trupia, l'operaio salvato, arridduciuti accussì per il fumo. La folla scoppiò in un applauso.

«È intossicato dal fumo e ha una gamba rotta» gridò Augello.

Squasi 'n risposta, si sintì la sirena della prima ambulanza che stava arrivanno.

E subito appresso, squasi fusse 'na pillicula miricana, il resto del magazzino crollò.

Mancava sulo la musica di sottofondo.

«Vada ad abbracciare il dottor Augello!» 'ntimò un cameraman a Montalbano mentri che l'inquatrava.

«Abbrazzatillo tu!» ribattì il commissario.

Po' parlò tanticchia con Fazio, appresso annò da Gallo e gli dissi:

«Accompagnami subito 'n trattoria, masannò chiuino e io resto tutta la jornata a digiuno».

Tre

'N funno 'n funno, lo scoppio aviva fatto cchiù spavento che danno, nel senso che non aviva provocato la stragi che potiva fari e di conseguenzia Montalbano si sintì 'n doviri di festeggiari dovutamenti l'avvenimento non risparmiannosi nenti di quello che la trattoria offriva.

Al momento che, bono pasciuto, stava per niscirisinni, gli s'avvicinò Calogero, il propietario.

«Dottore, m'ascusasse. Per la sira di Capodanno priparo 'na cena spiciali per i nostri clienti. E quanno dico spiciali significa spiciali. Se vossia non avi nenti di meglio da fari...».

Ora macari Calogero ci si mittiva? Ma che smania gli era vinuta a tutti d'avirlo con loro la notti di Capodanno?

«Grazie, ma ho già un impegno».

Proprio sulla porta si sintì chiamari dal colonnello 'n pinsioni Strazzeri, uno che non dava confidenzia a nisciuno e che stava assittato 'mpettito al solito tavolino vicino alla trasuta.

«Mi dica, colonnello».

«Volevo invitarla a passare con noi, l'Associazione Reduci, la notte di Capodanno. Sa, organizziamo sempre una bella festa con danze, gare di ballo, esibizioni d'arte varia dei nostri soci...».

Bih, che grannissima camurria! Puro i reduci lo vinivano a 'nzunzuniari?

Manco se i reduci si rimittivano 'n divisa e lo minazzavano con l'armi avrebbi arrenunziato all'arancini.

«Grazie, colonnello. Se me l'avesse detto prima, ben volentieri! Ma ho ricevuto un invito...».

A mittiri 'n sicurizza da novi crolli il resto del magazzino e a livari il matriali che non era esploso ma che potiva provocari 'na secunna splosioni, i vigili del foco ci misiro fino alle dù di doppopranzo.

Sicché Montalbano potì aviri 'n commissariato a Santino, ai dù operai e alle dù guardie comunali sulo alle quattro.

Il commissario voliva appurari come era capitato l'incidenti che per fortuna non aviva fatto morti ma sulo un ferito che ora s'attrovava allo spitali di Montelusa.

Erano prisenti macari Augello, l'eroe del jorno, e Fazio. Per prime, fici trasire nel sò ufficio alle dù guardie comunali.

«Come mai voi due vi trovavate lì?».

Arrispunnì il cchiù anziano, un cinquantino pilato che aviva i gradi di appuntato.

«Eravamo andati a fare un normale controllo nel magazzino».

«E a farivi dari il rigalo annuali» pinsò maligno Montalbano.

«Avete trovato irregolarità?» spiò 'nveci.

«Nessunissima. Avevamo finito e stavamo avviandoci verso la porta quando ho sentito prima qualcuno che gridava da fuori, poi Santino che urlava a tutti di scappare».

«Ha capito qualcosa di quello che gridavano da fuori?».

«Sinceramente non...».

«Io sì» dissi l'autra guardia. «Ho sentito distintamente questa frase in dialetto: "Santino, chista cuntaccilla a tò compari!". E subito dopo Santino si è messo a gridare».

«Un momento. Si rende conto che lei mi sta dicendo che non si è trattato di uno scoppio accidentale ma provocato a bella posta?».

«Certo che me ne rendo conto».

«È disposto a ripeterlo davanti al giudice?».

«Non ho problemi».

Montalbano fici mettiri a virbali, dissi ai dichiaranti di firmarli e po' passò a 'nterrogari ai dù operai.

Uno addichiarò che aviva sintuto sulo a Santino che gridava di corriri fora e accussì aviva fatto, l'autro dissi che gli era parso che, un momento prima che Santino si mittiva a fari voci, qualichiduno l'aviva chiamato da fora.

Il commissario fici mettiri macari 'ste dichiarazioni a virbali e po' ordinò di fari trasire a Santino Larocca.

Il quali, se al momento dell'incidenti e subito appresso aviva addimostrato di possidiri energia, controllo e prisenza di spirito, ora che tutto era finuto le forzi l'a-

vivano abbannunato, lassannolo apatico e squasi 'ndif-
firenti.

«Signor Larocca, non c'è dubbio che le cinque persone che si trovavano nel suo magazzino debbano a lei la vita».

«Eh già».

«Mi può raccontare tutto per ordine?».

«Io... io avivo salutato alle dù guardie e stavo rimittenno a posto i registri quanno qualichiduno mi chiamò da fora».

«Da dove veniva esattamente la voce?».

«Dalla finestra che c'è allato a quella parti del magazzino che servi come diposito e che era aperta. Sintennomi chiamari per nomi, taliai verso 'sta finestra».

«Sentì le altre parole che l'uomo disse?».

«Nonsi».

«Come mai?».

«Pirchì vitti volari 'na cosa attraverso la finestra, 'na cosa ghittata da fora che annò a cadiri proprio supra al deposito dei botti. E faciva fumo. Allura accapii il periglio e mi misi a fari voci».

«Dunque lei non conosce la frase che l'uomo le gridò?».

«Nonsi».

«Una delle due guardie l'ha sentita e gliela riferisco: "Santino, chista cuntaccilla a tò compari!". Ce la può spiegare?».

Larocca pariva confuso e 'mparpagliato.

«E che significa?» spiò.

«Lei ha un compare?».

«Sì».

«Chi è?».

«Si chiama Gasparino Lodato. Avi un nigozio di tissuti. Ma non capiscio che ci trase lui con...».

Montalbano si sintì aggilari.

Barreca aviva fatto la granni rumorata che aviva promittuto nell'urtima tilefonata.

Mittute a verbali macari le dichiarazioni di Santino, Montalbano lo salutò e ristò con Augello e Fazio.

«È chiaro» dissi Augello «che si tratta di un avvertimento mafioso trasvirsali. Il messaggio è diretto al compari di Santino. A 'sto Lodato io lo convocherei e...».

«Ti spiego io come sta la facenna» fici Montalbano.

E arrifirì la storia che gli aviva contato Fazio patre. E macari il suggerimento che lui gli aviva dato.

«Però c'è un problema» dissi Mimì. «Ed è che 'sto Barreca è capaci della qualunqui e abbisogna fari qualichi cosa subito. Io penso che dovremmo mettiri sutta protezioni, jorno e notti, l'abitazioni di Lodato. Ma senza che lo stisso Lodato, dato che è accussì scantato, ne sappia nenti».

«Sugno d'accordo» fici Montalbano. «Non avemo autro da fari. Fazio, pensa tu ai turni ad accomenzare da subito. Ora tilefono al quistori e vio se mi può dari cinco minuti».

«Quello che mi ha riferito mi sembra di una gravità eccezionale» dissi il quistori. «Credo che sia necessario, stando così le cose, non perdere tempo e aggirare la burocrazia. Ora stesso telefono al giudice perché autorizzi il controllo telefonico senza che ci sia nessuna denunzia preventiva dell'interessato. Dirò che è una richiesta urgentissima della squadra Catturandi».

«Mi scusi, signor questore, avrei un'altra richiesta da farle. Vorrei proporre il mio vice, il dottor Domenico Augello, per un encomio solenne o qualcosa di simile».

«Che ha fatto?».

Montalbano glielo dissi.

«Se lo merita. Provvederò».

«La ringrazio, signor questore».

«Ci vediamo domattina per gli auguri».

Arrivanno 'n commissariato attrovò a Fazio patre. Pariva, ed era, sconsolato.

«Dottore, con Gasparino parlai. Lo stavo quasi convincenno a fari la dinunzia, quanno sò compari Santino gli tilefonò contannogli pirchì gli avivano fatto satare il magazzino. Gasparino ha accapito subito che si trattava di Barreca e si è talmenti attirrito che gli è vinuta la frevi. La dinunzia non la fa manco morto».

«Di 'sta dinunzia non 'nni avemo cchiù bisogno».

E gli arrifirì la decisioni del quistori. E po' spiò:

«Quanno Barreca tilefona, come si comportano?».

«Appena che arraccanoscino la sò voci, o accapiscino che si tratta di un amiciuzzo di Barreca, attaccano subito».

«Tu devi diri a Gasparino che la prossima vota che Barreca tilefona, Anita gli devi dari corda».

«E pirchì?».

«A Gasparino dici che è per tinirlo tanticchia bono, mentri 'nveci 'na tilefonata longa può sirviri all'intercettatori per stabilirini la provinienza. Se avemo la fortuna d'arrinesciri a sapiri da indove tilefona, è fottuto al novanta per cento».

A Marinella, dato che faciva friddo e non era cosa di stari nella verandina, addecidì di mangiarisi quello che gli aviva priparato Adelina, ossia milanciane alla parmigiana e po' gamberetti tenneri tenneri conzati con sali, oglio e limoni, assittato davanti alla tilevisioni.

Era l'ura del notiziario di «Televigàta». Il quali si raprì con le immagini del magazzino tanticchia doppo che era satato 'n aria.

La ripresa non era bona forsi a scascione del troppo fumo, po' si vidivano a lui e ad Augello che parlavano con Santino.

E subito appresso, c'era Augello che si mittiva a corriri verso il magazzino e vi scompariva dintra.

Saputo che un operaio era ancora dentro impossibilitato ad uscire, il vicecommissario Domenico Augello con generoso slancio e raro sprezzo del pericolo...

Doppo viniva 'na scena di certo 'ncomprensibili agli spittatori, nella quali s'ammostravano 'na serie di abbrazzamenti reciproci tra lui, Montalbano e Fazio. E siccome che il giornalista non diciva 'na parola di spiegazioni, la cosa stava tra la parodia di un balletto e la versioni comica di un incontro di lotta greco-romana.

'Na figura accussì ridicola da sprofunnare suttaterra per la vrigogna. Al commissario passò di colpo il pititto.

Subito doppo vinni 'nquatrato Augello che nisciva dal fumo tinenno 'n vrazzo l'operaio firuto.

La folla è scoppiata in un lungo e frenetico applauso per l'eroico...

Montalbano livò l'audio. Lo rimisi quanno vitti che viniva 'ntirvistata la cchiù picciotta delle dù guardie comunali.

Ho sentito una voce che da fuori del magazzino gridava a Santino di raccontare al suo compare...

Astutò, arraggiato. Dunqui, prima di contarlo a lui, la guardia l'aviva addirittura proclamato 'n tilevisioni!

Figurati ora la curiosità della genti! Di sicuro avrebbiro scoperto chi era il compari di Santino e quel poviro disgraziato di Gasparino forsi sarebbi stato costretto a chiuiri il nigozio e a cangiare aria.

Prima d'annarisi a corcare, s'ammaravigliò che Livia non l'aviva ancora chiamato. Fici lui il nummaro di Boccadasse, ma non ebbi risposta. Non sinni prioccupò, capace che era annata al ginematò con qualichi amica e po' erano ghiute a mangiare.

Si era appena stinnicchiato supra al letto che il tilefono sonò. Pinsava fusse Livia e s'apprecipitò ad arrispunniri.

Era 'nveci l'avvocato Guttadauro, che si sapiva ligato a filo triplo con la famiglia mafiosa dei Sinagra. Ma che annava d'accordo macari con la famiglia rivali, i Cuffaro.

«Mi scuso per l'ora tarda, dottore, ma mi trovo con alcuni cari amici che mi hanno sollecitato a farle questa telefonata».

«Mi dica».

«Volevamo semplicemente congratularci con lei e con il suo vice dottor Augello per l'atto veramente eroico da lui compiuto stamattina».

Indove voliva annare a parare?

«Grazie, avvocato».

«Ci è giunta voce che lo scoppio è stato ordinato da un tale per ragioni, diciamo così, amorose. Risulta anche a lei?».

«Sì».

«Allora quell'uomo andrebbe abbattuto come un cane arrabbiato. Caro commissario, le porgo i più sinceri auguri per l'anno nuovo».

«Che ricambio. Buonanotte, avvocato».

'N paroli povire, la mafia gli aviva comunicato che abbannunava Barreca al sò distino, da quella parti non avrebbi avuto cchiù protezioni.

Quattro

All'indomani matina, 31 di dicembriro, s'arrisbigliò sintennosi d'umori squasi allegro. Forsi, anzi senza forsi, per il pinsero dell'arancini che si sarebbi mangiato 'n sirata. Doppo essiri passato dal commissariato per sapiri se c'erano novità, sinni partì per la Quistura di Montelusa indove che ci sarebbi stata la cirimonia dello scangio d'auguri col signor quistori. Si portò appresso a Mimì Augello. Nel saloni c'erano tutti i funzionari e i dirigenti di polizia della provincia. Il quistori fici un brevi discorseddro, un brevi discorseddro fici il viciquistori Mandarà a nomi dei funzionari e po' si passò alle stringiute di mano.

Quanno arrivò il sò turno, a Montalbano il quistori dissi, 'nzemmula all'auguri, che gli era stato appena comunicato che il controllo tilefonico richiesto era già 'n funzioni. Po' si congratulò con Augello e gli accomunicò che aviva scrivuto al capo della polizia per renniri effettiva la proposta di Montalbano. Augello, che non 'nni sapiva nenti, ringraziò il quistori e po' spiò al commissario:

«Che proposta facisti?».

«Ti ho proposto per un encomio sullenni».

Augello lo taliò tra lo sbalorduto e il commosso ma non dissi nenti.

Aviva un pedi dintra e un pedi fora dal commissariato che Catarella l'assugliò come un cani affamato.

«Maria, dottori! Maria, Maria! Quante e quante tante pirsoni che stamatina l'hanno circata uggentevoli per tilefono!».

«Vabbeni, carmati e dimmille 'n ordini».

«La prima a tilefonari fu la zita sò di lei, la signurina Livia. Appresso la chiamò Fazio patre del figlio. Doppo tilefonò daccapo novamenti di novo la zita sò di lei. Quindi il dottori Menenio Agrippa della Quistura di Montilusa che però chiamò ora ora».

«Talè, Catarè, che 'sto signori non s'acchiama Menenio Agrippa, ma Eugenio Agrippa».

«Pirchì io come dissi?».

«Lassa perdiri. Chiamalo e passamillo».

Trasì nel sò ufficio che il tilefono squillava.

«Agrippa, mi cercavi?».

«Sì, appena la cerimonia è finita, mi hanno cercato dalle intercettazioni. Barreca ha chiamato alle 11 e 45. Sono riusciti a stabilire che la telefonata veniva da Sicudiana. Se la prossima volta lo tengono più a lungo al telefono, lo becchiamo».

Sicudiana era a picca chilometri da Vigàta, e questo viniva a significari che Barreca era perigliosamenti vicino.

Fazio patre del figlio gli arrifirì che Gasparino gli aviva ditto il continuto della tilefonata di Barreca alla quali aviva rispunnuto Anita. Prima l'omo si era abbannunato ad arricordarle i loro 'ncontri amorosi con uno sdilluvio d'oscenità, po' aviva concluso dannole 'na speci di ultimatum. Se entro il tri di ghinnaro la picciotta non si fossi addichiarata disponibili a raggiungirlo, lui le avrebbi ammazzato il patre.

Era chiaro che oramà Barreca non era cchiù capaci di controllarisi. Annava firmato prima possibbili. Ma come? Per urtima, chiamò a Livia.

«Perché ieri sera non mi hai telefonato?».

«Te l'avevo detto che non potevo più venire a Vigàta per il Capodanno a causa di un contrattempo, no?».

«Sì, me l'hai detto, ma non vedo...».

«Aspettavamo dei documenti che ritardavano ad arrivare e ai quali bisognava rispondere subito. Invece, per un miracolo, i documenti sono arrivati ieri pomeriggio».

«Mi fa piacere, ma...».

«Aspetta. Allora ho chiesto al capufficio di poter fare uno straordinario notturno. Me l'ha concesso. Ho lavorato fino alle tre di notte. Stamattina alle otto ero di nuovo in ufficio. Quindi...».

Si firmò.

«Quindi?».

«Non capisci?».

«No».

O forsi capiva, e macari capiva benissimo, e 'ntravidiva l'orrendo futuro 'mmidiato, ma voliva con tutte le sò forzi arrefutarisi di capiri.

«Quindi sarò a Palermo col volo delle 20. Che è stato?».

«Cosa?».

«Ho sentito come un fortissimo scoppio».

«Io no. Sarà stato un disturbo sulla linea».

Possibbili che il gigantisco santione muto che gli era esploso dintra si fusse trasformato in onda sonora?

«Vieni a prendermi, mi raccomando. Sono così felice di poter passare la notte di Capodanno con te!».

Montalbano 'ntanto era sprofunnato nella mutangheria.

«Pronto? Pronto?».

«Sono qua».

«E tu non sei contento?».

«Da schiattare» dissi Montalbano.

Il sottofondo musicali che distintamenti sintiva che gli sonava 'n testa era 'na lenta e sdisolata marcia funebri, si sarebbi potuta benissimo 'ntitolari: «Requiem per l'arancini defunti».

«Ti volevo sinceramenti ringraziari» fici Augello trasenno.

Montalbano scattò come a 'na vestia arraggiata.

«Tuppia prima di trasire! Minchia! E po' non è il momento di scassarimi i cabasisi!».

«Scusa» dissi Augello scomparenno.

Doppo tanticchia tuppiaro alla porta. Non arrispunnì. Rituppiaro. Sinni ristò muto. La porta vinni rapruta e comparse Fazio.

«Mi scusasse, dottore, ma...».

«Te l'ho ditto di trasire?».

«No, ma...».

«E se non te l'ho ditto, pirchì sei trasuto?».

«Mi scusasse» fici Fazio scomparenno macari lui.

E che cavolo! Non gli davano manco il tempo di elaborari il lutto 'n solitudini.

Po', passata 'na mezzorata, tilefonò ad Adelina per darle la notizia che il Capodanno l'avrebbi passato con Livia.

«Contento vossia...» fici grevia Adelina.

Arrivò a Punta Raisi con un'ura e passa di ritardo pirchì la machina si era firmata per faglianza di benzina ed era stato salvato da 'na pattuglia della stratali. Duranti il viaggio aviva giurato sullennementi di fari tutto quello che addicidiva Livia, senza la minima discussioni, masannò, e di questo 'nni era cchiù che sicuro, sarebbi finuta a schifìo.

«Dove andiamo?».

«Sai, caro, aspettandoti, ho letto il giornale di qua. Ho visto che in un ristorante vicino a Vigàta c'è un cenone curioso, un cenone mascherato».

«Ma non abbiamo i costumi!».

«Non si tratta di un cenone in costume, solo mascherato. Ti vendono all'ingresso una maschera a tua scelta, che però è obbligatoria».

«Ma come si fa a mangiare con la maschera?».

«Pare che siano disegnate in modo tale che non diano fastidio. Dai, sono curiosa. Ci andiamo? Oltretutto ho letto che ci saranno anche gli arancini, quelli che piacciono a te».

'Na fitta al cori. Quegli abominevoli supplì che sarebbiro stati spacciati per arancini gli avrebbiro arricordato per tutta la sirata il paradiso pirduto. Ma aviva giurato sottomissione assoluta. Sospirò, allargò le vrazza, rassignato.

«Forse bisognerebbe prenotare...».

«Già fatto» dissi Livia filici e contenta.

E puro stavota il commissario attrovò la forza di non reagiri.

Arrivaro alla «Forchetta», accussì s'acchiamava il ristoranti proprio sutta al castello di Sicudiana, che erano l'unnici. Il parcheggio era stipato di machine.

«Ci sono rimaste solo maschere di Minnie e di Topolino» fici l'omo che stava darrè al banconi davanti all'ingresso. «C'è il pienone».

Si misiro le maschiri, trasero. S'attrovaro dintra a 'na speci di magazzino di ciriali che né i festoni di carta colorata che si 'ntricciavano nel soffitto, né i lampatari a braccio che sporgivano dalle pareti, arriniscivano ad ammucciare l'originaria distinazioni d'uso. Un cammareri li guidò sino al tavolo prenotato da Livia, 'n mezzo a un frastono assordanti di voci e di risati. Per fortuna era allocato non in centro, ma vicino alla porta posteriori di nisciuta. Non c'era un tavolo libbiro, da ogni parti decine di Topolino, Minnie, Pluto, Clarabella, Paperino si stavano abbuffanno. Faciva un càvudo da sauna. L'aria era accussì densa dell'odori ammiscati delle varie portate che faciva passare il pititto. Nel tavolo cchiù vicino a loro, conzato per tri pirsone, c'era assittato un omo sulo che 'ndossava la maschira di Pluto. Si stava vivenno un bicchieri di vino, per mangiari forsi aspittava l'arrivo dell'autri dù pirsone.

«Troppo tardi per cenare» dissi Livia. «E se ordinassimo qualche arancino? Vedo che ne hanno tanti già pronti a quel tavolo laggiù. E c'è una fila di gente che si serve da sola».

«Come vuoi tu» fici Montalbano oramà privo di volontà propia.

Ma non c'era verso di attirari l'attinzioni di un cammareri per quanto Montalbano sinni stessi mezzo susuto tinenno isato un vrazzo 'n aria.

E fu accussì che vitti all'omo del tavolino allato nel priciso momento nel quali si livava la maschira di Pluto per asciucarisi di prescia la facci sudata. L'omo ristò senza maschira per qualichi secunno, ma al commissario abbastò. Quell'omo era, senza che potissi essirici dubbio, Antonio Barreca. E nell'istisso istanti che l'arraccanosciva, 'na grannissima carma calò supra di lui e seppi lucitamenti quello che doviva fari. Posò 'na mano supra a quella di Livia, gliela carizzò.

«Grazie per avermi portato qua».

«Davvero ti piace?» spiò Livia 'ncredula. E po' continuò: «Dammi il piatto. Vado a fare la fila e a prendere gli arancini».

Si susì, s'avviò e il commissario le gridò:

«Vado in macchina a prendere le sigarette!».

Si susì tranquillamenti e niscì fora dalla porta che aviva a tri passi. Si misi a corriri, arrivò alla sò machina, pigliò il revorbaro che tiniva sempri nel vano del cruscotto, si rimisi a corriri verso l'ingresso principali indove c'erano dù tilefoni a muro. Per fortuna aviva quattro gettoni 'n sacchetta. I tilefoni erano libbiri e chiuttosto appartati. Ci volli squasi un quarto d'ura per aviri 'n linia ad Agrippa, il capo della Catturandi. Gli spiegò la situazioni.

«Montalbano, non fare colpi di testa. Tra dieci minuti siamo lì».

Sempri correnno, tornò narrè e ritrasì dalla porta dalla quali era nisciuto. S'assittò, Livia era a tri quarti della fila. S'addrumò 'na sicaretta. Barreca continuava a viviri e taliava spisso il ralogio. A un certo momento un altoparlanti dissi:

«Il signor Salvatore Manzella è desiderato al telefono».

Barreca si susì, s'avviò verso la cassa. Il casseri gli pruì la cornetta. Barreca ascutò senza parlari, ridetti la cornetta al casseri e sinni tornò al tavolo. Ma non s'assittò. Si pigliò il pacchetto di sicarette e l'accendino che aviva lassati supra al tavolino, se li misi 'n sacchetta, si mosse verso la porta vicina.

Sinni stava ghienno!

Evidentementi i sò amici gli avivano fatto sapiri che non sarebbiro vinuti. Montalbano accapì che se gli dava la possibilità d'arrivari al parcheggio non avrebbi cchiù avuto modo d'agguantarlo.

Si susì di scatto, gli annò appresso. Barreca si stava 'nfilanno un giacconi, po' niscì fora. Si livò la maschira ghittannola 'n terra. Montalbano 'nveci la sò maschira se la isò supra alla testa. Non c'era anima criata.

Il commissario cavò il revorbaro, avanzò di un passo e primitti con forza la vucca dell'arma contro la schina dell'omo.

«Se fai una minima reazione t'ammazzo come un cane. Cammina lentamente» dissi con voci carma, squasi senza 'spressioni.

Barreca era ristato di petra, tanto che Montalbano dovitti ammuttarlo con l'arma.

«Vai verso l'entrata del posteggio».

Barreca aviva le gamme rigide, ancora non si era arripigliato dalla sorprisa.

Non avivano fatto deci metri che arrivaro dù machine della polizia. Da una scinnì di cursa Agrippa, revorbaro 'n pugno. Appresso a lui, otto agenti coi mitra spianati che pigliaro 'n consigna a Barreca.

«Minchia! Ma come hai fatto?» spiò Agrippa tra l'ammirato e lo sbalorduto.

«Te lo conto domani».

Si calò la maschira, si misi a corriri verso la trasuta posteriori.

Al tavolo c'era già Livia con l'arancini che lo taliò malamenti.

«Ho sentito il bisogno di un po' d'aria» s'aggiustificò assittannosi.

Pigliò 'n arancino, ci detti 'n'addintata pricauzionali, po' 'na secunna, 'na terza... Miracolo! Squasi non cridiva a quello che gli diciva il palato.

«Ma lo sai che non sono niente male?» dissi a Livia.

Che gli sorridì, filici.

Francesco Recami

Capodanno nella casa di ringhiera

«Da oggi in poi non farò mai più nessun proponimento per l'anno nuovo!».

Per molti inquilini della casa di ringhiera, così come per molte persone su tutto il pianeta, l'ultimo giorno dell'anno è sempre stato un'occasione per fare dei proponimenti, relativamente all'anno venturo.

Limitandoci a quello che accadeva nella casa di ringhiera, c'era chi i propositi li metteva su carta, come se ciò avesse maggior potere vincolante in relazione agli impegni presi, c'era chi non aveva questo coraggio e i proponimenti si limitava a farli col pensiero, cosicché l'anno dopo fosse impossibile verificarne l'inattuazione.

Alla schiera di coloro che amavano mettere per iscritto i proponimenti apparteneva a buon diritto Amedeo Consonni, il tappezziere in pensione, il quale disponeva di un quadernino dedicato solo a questo. Però l'esperienza di rileggere i proponimenti degli anni precedenti era abbastanza frustrante. Di solito gli obiettivi non venivano raggiunti, nemmeno parzialmente, tanto da motivare propositi come quello che abbiamo visto in testa. Tuttavia quest'anno il Consonni un'idea precisa di che cosa fosse necessario fare, il «cambiamento», ce l'aveva. Si trattava della sua collezione di ritagli di giornale, che egli arricchiva ormai da più di vent'anni, ritagli relativi a tutti i fatti di cronaca nera avvenuti in Italia, con particolare attenzione, ovviamente, alla sua Milano e alla Lombardia.

Basta! Nelle ultime settimane ne erano successe troppe di cose. La sua passione per i fatti criminali, in sé del tutto innocua, lo aveva comunque messo nei guai e non voleva occuparsene più di omicidi, rapimenti, esecuzioni, estorsioni, delitti di ogni genere. Che lo faceva a fare? Era una collezione stupidissima, pensava, che alla fine della fiera lo portava di fronte a situazioni di dolore e di strazio senza che lui ci potesse fare niente.

Basta! La cosa migliore era, fin da subito, un gesto simbolico, a suggellare l'intenzione... avrebbe...

Poi di proponimenti ce n'era un altro, e metterlo in pratica per certi versi era ancora più difficile del precedente. Doveva leggere il manoscritto che Angela gli aveva consegnato qualche giorno prima. Non si trattava di un romanzo di fantasia, così gli aveva assicurato lei. Era quello che realmente le era capitato, qualche anno prima, e che aveva segnato la sua vita per sempre. Solo che Consonni era un pessimo lettore, per lui leggere una pagina di una narrazione era, se non proprio una tortura, una prova durissima. La narrativa lo metteva a terra, e siccome il resoconto di Angela era scritto come un romanzo, con infiorettamenti qui e abbellimenti là, ecco che nasceva la difficoltà. Comunque, cascasse il mondo, entro una settimana, massimo due, avrebbe letto le 150 pagine del manoscritto. Per il momento era a pagina cinque.

Mentre era intento a scrivere queste note brevi e determinate entrò in cucina Angela, con una teglia di lasagne che aveva preparato in casa sua: ne avrebbe terminato la cottura nel forno del Consonni, il quale richiuse in fretta il quadernino, un po' vergognoso.

Angela peraltro i suoi proponimenti li aveva già scritti. Niente di speciale, perché la cosa più importante, quella che da anni le pesava sullo stomaco, l'aveva già fatta, ovverosia raccontare ciò che le era capitato cinque anni prima. Raccontare come? Ci aveva provato oralmente, con l'Amedeo. Solo che quello una volta si addormentava, un'altra non stava attento, un'altra non seguiva perché aveva altre cose per la testa, non c'era stato verso. E inoltre la storia che Angela aveva da raccontare presentava dei risvolti imbarazzanti, per lei e forse anche per l'Amedeo. E allora lo aveva fatto per iscritto, con uno sforzo emotivo gigantesco. Il manoscritto lo aveva consegnato all'Amedeo, già da qualche giorno. Ma possibile che ancora non l'avesse letto? Non vibrava dal desiderio di conoscere la sua storia? Angela cominciava a innervosirsi per la condotta del Consonni. Si guardava bene dal chiedergli a che punto fosse della lettura, come fanno gli scrittori in erba ogni dieci minuti, però, insomma, possibile che non le dicesse niente? Era così strano e ombroso l'Amedeo negli ultimi tempi! Che aveva per la testa?

Ma in relazione a questo, e oltre, Angela aveva riflettuto: va bene, quest'anno devo una volta per tutte sistemare i miei rapporti con la figlia di Amedeo, Caterina, che ha sempre mostrato verso di me un atteggiamento esplicito di avversione. Occorre cambiare registro, pensava Angela, e il segnale deve venire da parte mia, farle capire che le mie intenzioni sono le migliori, anche nei suoi confronti. Per esempio, vedo che la questione della casa per lei è molto importante, ha paura che le sottragga il bell'appartamento del Consonni... ma per l'amor del cielo, se solo sapesse... allora io potrei aiutarla, in fondo se lei trovasse a un prezzo veramente di favore un appartamento nella casa di ringhiera, non sarebbe felice? E soprattutto non sarebbe felice l'Enrico, suo figlio, che è tanto affezionato al nonno Amedeo?... beh, una strada la troveremo, se soltanto potessi parlare francamente con l'Amedeo, se solo leggesse il mio manoscritto! Ecco, è questo il problema, che lui ancora non l'ha letto, e finché non lo legge... ma troveremo un modo per convincere anche la Caterina...

Invece il signor Claudio Giorgi, dell'appartamento n. 15, era di quelli che i proponimenti li scolpiva con lo scalpello nella sua testa. Nel suo caso ce n'era uno solo e ferreo, ma che richiedeva molta e molta forza di volontà: si trattava di smettere di bere alcolici. Era un impegno che aveva sottoscritto a più riprese, ma questa volta, dopo quello che era successo con la moglie e con i figli – tutti e tre avevano abbandonato la casa lasciandolo solo – sembrava più convinto del solito... Ormai si era arrivati al capolinea, e se il signor Claudio non fosse rientrato in carreggiata sarebbe finito in una casa-famiglia, i suoi cari lo avrebbero infatti sbattuto fuori dall'appartamento, ed era anche possibile che il giudice gli impedisse di vedere i figli, fino a data da destinarsi.

Molto meno impegnativi dal punto di vista esistenziale erano i proponimenti che nel frattempo stava elencando il signor De Angelis, dell'appartamento n. 16. Egli era concentrato perlopiù su certi aspetti economici, primi fra tutti quelli relativi al recente acquisto di una BMW Z3 3.2 24 valvole di pochi anni di età, un mostro da 250 chilometri all'ora. Non vale la pena qui raccontare come era stato che il Luis avesse deciso di comprare quest'auto usata, apparentemente così poco adeguata alla sua età, ai suoi dolori di schiena (la posizione di guida era veramente sportiva!), ai suoi riflessi di ottuagenario e anche alle sue finanze.

Sta di fatto che adesso tutto per lui era cambiato, anche per quanto riguardava il regime di spesa. In effetti all'atto dell'acquisto, accecato dall'amore per quell'auto sportiva che aveva sempre desiderato, a certe spese non ci aveva proprio pensato, ma oltre alla benzina c'era l'assicurazione, la cui rata era assai superiore a quella della sua Opel Vectra 1600. Già, la Opel, che farne adesso? La Opel andava venduta, al più presto, per meglio dire andava tristemente rottamata.

Ma rimuginando questi pensieri, tutte faccende in qualche modo risolvibili, il De Angelis non faceva che rimandare il vero nodo che si sarebbe presentato a gennaio, ovverosia il rinnovo della patente. De Angelis, anni 82, si sarebbe dovuto sottoporre alla visita medica che avrebbe determinato il suo destino. L'ipotesi che tale visita non venisse superata, e che dunque De Angelis si trovasse nella condizione di non poter guidare la sua BMW Z3 3.2 si insinuava nell'anima del Luis come una lama tagliente, e la lasciava sanguinante ed esanime. Lui si sentiva pienamente idoneo alla guida, ma se la commissione l'avesse pensata diversamente, anche e soltanto per un puro pregiudizio nei confronti di persone che abbiano superato gli ottanta?

Come potrei fare ad avere qualche certezza in più? si chiedeva il De Angelis. Infilare un paio di pezzi da cento dentro la pratica dell'ACI? Nei proponimenti angosciati di De Angelis ce n'era uno definitivo: non lasciare niente di intentato per ottenere il rinnovo.

Alle ventitré e cinquantasette Consonni stava già armeggiando alla pregiata bottiglia di champagne che aveva comprato Angela, voleva stapparla proprio allo scoccare della mezzanotte. La cena del veglione tête-à-tête con Angela era stata assai tranquilla e gradevole: come antipasto insalata di pesce, poi le dette lasagne, cotechino e lenticchie, e per dolce un po' di pandoro che era avanzato da Natale, con aggiunta di panna montata. Come si vede niente di speciale, magari Angela avrebbe voluto preparare qualcosa di più esotico o ricercato, ma Consonni era un tradizionalista, e inoltre, alla sua età (oltre 65), non voleva appesantirsi troppo, lui che era abituato a cenare parcamente alle sette e mezzo di sera. Mangiare dopo le nove gli causava problemi digestivi e sonni poco tranquilli. E va bene che era il veglione dell'ultimo dell'anno, si andava a dormire tardissimo, addirittura quasi alla una. E poi, vista l'occasione speciale, avrebbero anche…? Consonni aveva fatto i suoi calcoli. Considerando che sarebbero andati a letto intorno alle 00.15-00.20, prese la pasticca alle 23.15, senza farsi vedere.

Per l'occasione Amedeo aveva tirato fuori la sua più bella tovaglia bianca di lino ricamata, che adesso, a cena finita, recava purtroppo grosse macchie di sugo.

Angela si stampò una mano in fronte. «Oddio che scema che sono… mi sono dimenticata del…» e non disse di che cosa si era dimenticata perché Consonni non lo doveva sapere in quanto doveva essere una sorpresa. «Torno subitissimo…» disse lanciandosi fuori dell'appartamento numero 8 della casa di ringhiera dove abitava Amedeo, lasciò la porta aperta e si precipitò nel suo appartamento sul ballatoio ovest, il numero 12.

Consonni si chiedeva che cosa ci potesse essere di così urgente e se Angela non avrebbe potuto pensarci prima. Ma il tempo scorreva inesorabile, e Consonni aveva meno di tre minuti per svolgere due operazioni molto importanti. La prima era l'atto simbolico richiesto dai suoi proponimenti, ovverosia infilare nel caminetto il primo dei suoi faldoni, quello a cui forse teneva di più, quello della Mantide del Bormida. Risaliva a una ventina di anni prima, lo aveva messo in piedi pazientemente, quasi per caso, soprattutto per smentire la versione che della faccenda diffondeva al Circolo quel presuntuoso del Villa Walter, che pretendeva di saperla lunga solo lui. Da quell'epoca ne erano cambiate di cose: adesso Consonni di raccoglitori dedicati alla rassegna stampa di cronaca nera ne aveva a centinaia. Ma ora basta: tutte quelle notizie di crimini efferati andavano eliminate, era una passione insana, che aveva finito per condurlo dove lui non voleva, e a metterlo anche in situazioni a dir poco imbarazzanti. Per non parlare delle allucinazioni su crimini inesistenti!

Il fuoco nel caminetto era già scoppiettante e Consonni rapidamente estrasse il contenuto del raccoglitore rivestito di seta giallo-oro – un avanzo di una sua lavorazione a un bellissimo divano in stile –, tanti ritagli invecchiati di giornale, gli dette una frettolosa occhiata e un rapido saluto, e li gettò nel fuoco. Addio assurda mania del collezionista, addio collezionista di crimini, addio per sempre, non mi occuperò mai più in vita mia di cose del genere! Questo è solo l'inizio, da domani mi libero di tutti i materiali raccolti in vent'anni – faticosamente –, da domani cambio vita e penso alla salute. Il pacco di fogli di giornale era spesso e compatto e l'effetto che ottenne fu quello di coprire le fiamme, forse il materiale andava gettato nel fuoco un foglio alla volta. Ma Consonni aveva da fare l'altra cosa, sperando che Angela tornasse in tempo: doveva aprire la bottiglia di champagne. Così la prese, ma quella era umida e gli scivolò via, riuscì miracolosamente a non farla cadere a terra palleggiandosela fra la mano destra e quella sinistra. Sudava freddo: e se quella preziosissima bottiglia di champagne si fosse rotta?

Finalmente la afferrò saldamente e con troppa fretta cercò di togliere la gabbietta di filo di ferro che assicurava il tappo; non riusciva a snodarla, tentava di strapparla con violenza, mancavano trenta secondi alla mezzanotte.

Angela, dopo essere entrata nel suo appartamento, ebbe difficoltà a ricordarsi dove aveva messo, o nascosto, il pacchettino per Amedeo, e perse un po' di tempo per ritrovarlo. Ma certo! L'aveva infilato in un cassetto del bagno, lì Consonni non sarebbe andato a curiosare.

Si fiondò per le scale, tutta trafelata, quando improvvisamente ci fu un'esplosione di arma da fuoco, o qualcosa del genere. Un botto assordante ed un sibilo simile a quello che si sente nei film quando viene sparato un colpo di pistola e che assomiglia a un fischio. Sul ballatoio incrociò un'ombra che si allontanava, le sembrò che portasse con sé una valigia.

Entrò in casa di Consonni e si trovò di fronte a questa scena: l'Amedeo era sdraiato per terra a faccia in su, come morto, e si teneva una mano sul cuore, ma sulla camicia bianca, proprio lì, si vedeva una enorme macchia di sangue freschissimo. C'era anche dell'altro. Nel caminetto stava bruciando qualcosa: carta, molta carta. Si avvicinò, riconobbe che si trattava di ritagli provenienti dalla collezione di crimini dell'Amedeo. Il contenitore era poco lontano, vuoto.

Improvvisamente Angela capì tutto. Era questo il problema che rendeva Amedeo così strano e pensieroso? Sapeva di essere in pericolo di vita? Con le sue ricerche era andato troppo in là? Aveva saputo qualcosa che non avrebbe dovuto sapere? Cercò di spegnere le fiamme gettandoci un bicchier d'acqua, con scarsi esiti.

Prontamente alzò la cornetta del telefono e digitò il numero 118: «Un uomo è stato gravemente ferito con un'arma da fuoco. Presto, è questione di vita o di morte».

Anche il signor Claudio Giorgi, nell'appartamento n. 15, come si è detto, aveva fatto i suoi proponimenti per l'anno a venire. Non bere più una stilla di alcol. Allora occorreva festeggiare in tempo utile, entro la mezzanotte. Per cui fin dal pomeriggio si era messo a dare fondo alle sue riserve alcoliche, con metodo. Aveva dei dubbi se aggredire anche una certa bottiglia di pregiato whisky scozzese, peraltro già iniziata, che gli aveva portato il Consonni, sostenendo che lui non ne aveva bisogno, e che il signor Giorgi non si sarebbe dovuto preoccupare, che in quel modo erano a posto, nessuno doveva dei soldi a nessuno, eccetera. Claudio in tutto quel panegirico non ci aveva capito niente, erano pari? Ma di quali soldi parlava? Boh. Che il Consonni si fosse sbagliato di persona, e che quindi quella bottiglia iniziata andasse restituita al legittimo proprietario? Fatto sta che poco dopo le dieci e mezzo Claudio mise fine a tutte le sue esitazioni, e si versò un bel bicchiere di quel whisky. Nel suo recentissimo passato di alcolista non si concedeva mai roba di quella categoria e così costosa. Puntava più alla quantità e al prezzo che non alla qualità, e se si comprava un whisky era di quelli da 5 euro. Ma allora era un segno del destino, chiudere il rapporto con l'alcol proprio con quella bottiglia, finire in bellezza, il canto del cigno... e cose di questo genere. Claudio era già notevolmente ubriaco e il whisky lo portò rapidamente a quello stadio che da diversi giorni non raggiungeva, quello in cui ci si mangiano le parole, l'aggressività è al massimo, l'equilibrio è instabile ma la mente pare lucida, tanto che l'alcolista ricorda tante cose che da sobrio non fanno più parte della sua memoria. In gergo si chiama black-out, il bevitore ricorda certe cose che ha fatto o pensato da ubriaco solo in stato di ubriachezza. E questo accadde intorno alle undici e quarantacinque. Claudio si ricordò distintamente che quella bottiglia di Talisker gliela aveva comprata Consonni, su sua richiesta. Poi si ricordò che nella bottiglia aveva inserito una grande quantità di barbiturici o simili presi dall'armadietto della moglie. Poi si ricordò che quella bottiglia avvelenata sarebbe dovuta servire a incriminare la moglie di tentato omicidio, perché tutti avrebbero pensato che quei farmaci nel whisky ce li avesse messi lei per far morire Claudio, cercando di farlo passare per un suicidio. Ma non sarebbe stato così, secondo il piano di Claudio, perché 1) lui non sarebbe morto dato che del whisky ne avrebbe ingerita solo una dose sufficiente a farlo stare male e portare in ospedale, e 2) la colpa sarebbe ricaduta su di lei perché la bottiglia a) recava le sue impronte digitali (grazie ad un trucco di Claudio), b) era stata acquistata in un negozio sotto la casa del fratello di lei, casa nella quale attualmente la signora soggiornava.

Le cose non erano andate esattamente come Claudio aveva previsto, soprattutto non aveva considerato la possibilità che del progetto che aveva tramato lui si sarebbe completamente dimenticato. E inoltre i movimenti della bottiglia non erano stati così lineari come aveva immaginato, insomma era passata anche dalle mani del Consonni – fra l'altro – ed era tornata da Claudio che non l'aveva nemmeno riconosciuta, tanto da berla con gusto finché non si era ricordato che era piena di barbiturici. Questi whisky torbati, un sapore strano e amarognolo ce l'hanno sempre...

Claudio sprofondò in un incubo di terrore. Di quella bottiglia ne aveva bevuto quasi tutto il contenuto, e quindi a brevissimo si sarebbe addormentato e se ne sarebbe andato in un sonno definitivo.

Pensava che sarebbe svenuto, senza neanche riuscire a raggiungere il telefono. Trovò la forza di andare in bagno e di autoprovocarsi il vomito. In effetti riuscì a vomitare anche l'anima, e ancora e ancora. Uscendo dal bagno era talmente prostrato che cadde svenuto vicino al telefono. Avrebbe voluto chiamare un'ambulanza, farsi portare al Pronto Soccorso, farsi fare una lavanda gastrica. Fortunatamente fu come risvegliato da un enorme botto, una vera esplosione... seguita da musica sudamericana.

A mezzanotte e tre riuscì a chiamare il 118: «Presto venite, sto morendo, mi hanno assassinato, via *** numero 14, primo piano, appartamento 15, io non riesco... io...».

L'operatore telefonico del 118 era un po' perplesso, solo un minuto prima avevano chiamato dallo stesso casamento per un uomo che aveva una ferita d'arma da fuoco. Ora, è pur vero che la notte dell'ultimo dell'anno ne succedono di tutte, pallottole vaganti che vanno a colpire persone a centinaia di metri di distanza, ferite lacero-contuse da traumi di vario genere, dovute a incoscienza, azzardo, ubriachezza. Ma possibile che dallo stesso numero civico provenissero due telefonate, tutte e due relative a persone a rischio di vita?

Per la chiamata precedente si era affrettato a comunicare la notizia alle varie Croci rosse, verdi, bianche e viola, non senza ovviamente avvertire la polizia... un assassinio... e se fosse stato uno scherzo? Proprio alla mezzanotte dell'ultimo dell'anno? In effetti di scherzi simili ne fanno a centinaia, ma aveva proceduto.

Ma ora che era arrivata la seconda telefonata? Che fare?

In un diverso appartamento della medesima casa di ringhiera si stavano consumando altri eventi di una certa rilevanza. Stiamo parlando dell'appartamento n. 16, dove abitava il signor Luigi De Angelis, detto Luis.

Il De Angelis aveva passato il veglione da solo, come al solito, ma questo non lo rattristava per niente. In solitudine ci stava proprio bene, e ogni tanto aveva modo di andare giù nella corte, a fare un salutino alla BMW posteggiata nella sua preziosissima piazzuola riservata. Dava una controllata che tutto fosse in ordine, con la manica ripuliva qualche eventuale microsporcatura sulla carrozzeria, e se ne tornava soddisfatto in casa. La televisione neanche la guardava, lo rendeva nervoso.

A mezzanotte, anzi probabilmente molto prima, aveva brindato a sé e alla sua BMW, con un avanzo di Asti Spumante.

Dopo il brindisi si accinse a prepararsi per andare a dormire. L'indomani mattina aveva molte cose da fare, per esempio fare benzina, far controllare la pressione delle gomme, far pulire il parabrezza anteriore e il lunotto posteriore, ma dove trovare un benzinaio aperto, il primo di gennaio? Tuttavia c'era un'altra cosa da fare, qualcosa che aveva lasciato in sospeso già dal giorno precedente, vale a dire la lettera di un tal avvocato Alemanno, indirizzata a lui in persona. Quando la busta era arrivata come raccomandata espresso l'aveva guardata con diffidenza e timore, come farebbe chiunque quando riceve una lettera da uno studio legale. L'aveva esaminata da fuori con accuratezza, ma non era riuscito a ricavare indizi utili: che fosse l'ennesima malefatta di suo nipote Daniel, che l'aveva chiamato in causa come testimone a favore? O qualcosa che riguardasse la situazione della sorella Ernestina? Non riusciva veramente a immaginarlo. Pertanto la busta non l'aveva aperta, come se il non aprirla lo tenesse lontano dalla sicura magagna che conteneva.

Forse perché tranquillizzato dal brindisi e dalla presenza della BMW sotto la sua finestra decise proprio alla mezzanotte di aprirla.

Luis lesse il contenuto e immediatamente accusò un malore. Sentiva un fortissimo dolore che dal centro del petto si propagava fino al collo e alla spalla sinistra. Il respiro era affannoso, e comparve un sudore freddo inspiegabile. Gli sembrava di avere un peso da una tonnellata sul torace, unito a delle fitte nel costato che sembravano pugnalate. Angina pectoris.

Decise di bere un bicchier d'acqua, come se un bicchier d'acqua in queste evenienze potesse servire a qualcosa. Cercò di mantenere la calma, ma il dolore non passava e allora, pensando che forse queste erano le ultime energie che gli rimanevano, chiamò il 118: «Mi chiamo Luigi De Angelis, via *** n. 14, appartamento n. 16. Sto avendo un infarto. Età anni 82, lieve prolasso della mitrale, non fumatore, iperteso. Quando arrivate? Lascio la porta aperta, potrei aver perso conoscenza».

L'operatore che ricevette questa terza telefonata dal medesimo stabile nel giro di dieci minuti era ancora più perplesso. Questi deficienti si mettono a fare gli scherzi, adesso faccio controllare da dove sono arrivate queste chiamate. Questi idioti la pagano, pensò, e si guardò bene dall'inviare un altro mezzo.

Ma che cosa c'era scritto nella lettera dello studio legale che era arrivata a De Angelis?

Più o meno il contenuto era questo.

Gentile signor Luigi De Angelis

In qualità di legale del signor Nestore Fumagalli le comunico quanto segue.

*In quanto proprietario della vettura con targa *** mo-*

dello BMW *Z3 3.2 il Fumagalli ha ricevuto comunicazione dalla polizia stradale di aver infranto 5 volte i limiti di velocità sulla tangenziale Est nei giorni 19 dicembre e 20 dicembre, infrazioni constatate da apparecchi autovelox. A seguito di queste infrazioni il Fumagalli è stato sanzionato con ammende in denaro per un totale di 1.460,00 (millequattrocentosessanta,00) euro (vedi fotocopia allegata), e con una sottrazione dei punti patente di 32, il che equivale al ritiro della patente stessa.*

*Il Fumagalli in quelle date non disponeva della vettura in quanto affidata in vendita al signor Doriano Daniel, il quale dichiara che in quei giorni non ha utilizzato la vettura, che era stata posteggiata nella corte della casa di via *** n. 14, e affidata a suo zio, Luigi De Angelis, il quale ne avrebbe fatto uso per provarla, prima di farne acquisto.*

Senza procedere a denunce, il signor Fumagalli chiede al signor De Angelis di produrre immediatamente una dichiarazione che in tali date al volante della vettura di proprietà Fumagalli si trovava lo stesso De Angelis e che quindi si assume tutte le responsabilità relative.

In allegato un facsimile della dichiarazione.

In caso il De Angelis Luigi non produca il documento richiesto entro tre giorni dalla ricezione della presente, il nostro Studio procederà immediatamente con una denuncia per appropriazione indebita ecc.

Distintamente...

Nella casa di ringhiera, al secondo piano, in un appartamento di due stanze che negli anni precedenti non aveva goduto di particolari attenzioni in fatto di manutenzione, abitavano da poche settimane e temporaneamente alcuni peruviani, ufficialmente in numero di due. È vero che spesso gli appartenenti alle popolazioni forestiere sembrano tutti uguali, ma invece i frequentatori dell'appartamento, che peraltro uscivano di casa a ore antelucane e vi facevano ritorno a notte inoltrata, parevano sempre diversi. Tuttavia nemmeno la signorina Mattei-Ferri, un tipo di persona che a Milano si chiama la zabetta, era riuscita, nel poco tempo a disposizione che aveva avuto nei convulsi giorni precedenti, a farsi un'idea di quante persone frequentassero il piccolo appartamento, quante ci abitassero stabilmente e quante invece ne facessero un uso saltuario.

Ma per l'ultimo dell'anno gli inquilini peruviani erano venuti allo scoperto e sul ballatoio ovest del secondo piano se ne materializzarono molti, apparentemente usciti tutti dall'appartamento. Non se n'era visto nessuno entrare dal portone principale, che utilizzassero un'entrata secondaria e segreta?

Sta di fatto che per il veglione avevano organizzato una rumorosa festicciola sul terrazzo di ringhiera, a base di musica, merengue cumbia, bevande, Cerveza Cristal e Incacola, e soprattutto, di pollo *a la brasa*, utilizzando una griglia realizzata con mezzi di fortuna proprio sul ballatoio. Avevano cominciato a cuocere i polli fin dalle 10 di sera, producendo fumi e odori che si sarebbero potuti avvertire a chilometri di distanza. Nessuno degli inquilini ci aveva fatto molto caso, tranne naturalmente la signorina Mattei-Ferri, che quando si era resa conto che era in atto un barbecue, con modalità assolutamente vietate dal regolamento condominiale, si era immediatamente diretta, in sedia a rotelle, per fare colpo, dalla persona più autorevole del condominio, vale a dire il Consonni, sollevando il problema: «Quei memeluc non possono fare quello che vogliono!».

Ma purtroppo per lei il Consonni si era dimostrato accomodante: «Signorina, andiamo, non mi sembra che diano fastidio a nessuno, sentono un po' di musica e mangiano e fanno festa. Lasciamoli stare, e pensi a divertirsi un po' anche lei», frase che per uno che non conoscesse Amedeo potrebbe parere quasi maligna dato che era rivolta alla Mattei-Ferri, ma che invece esprimeva un'istanza tanto tollerante da sembrare naïf. La signorina masticò amaro e se ne tornò al suo punto di osservazione, dietro la finestra della cucina, ma non senza dichiarare che: «Se continuano dopo la mezzanotte chiamo la ASL, non si possono fare fuochi sui ballatoi». Poi ripensò a quanto detto e rettificò, data la sua situazione a rischio con il sistema sanitario, in «Se continuano dopo la mezzanotte chiamo la polizia».

Nel corso della serata i festeggiamenti dei peruviani procedettero senza particolari escalation di rumorosità o di «cattivi odori», come avrebbe definito la Mattei-Ferri i profumini di carne alla griglia e di altre specialità sconosciute. Sicuramente i polli che avevano comprato al supermercato non erano della migliore qualità, a 1,37 euro al chilo, ma che ci si vuol fare, non è facile imporre agli stranieri un pollo biologico a filiera corta e a chilometro zero. Intorno alle undici di sera il baccanale infuriava, con musica e una fumera che vista da lontano avrebbe potuto far pensare a un incendio.

I peruviani sono tutti piccoli, bassi e sovrappeso, sapeva la Mattei-Ferri, ma c'erano dei fenomeni che la insospettivano ulteriormente. Uno alla volta, o anche a coppie o gruppetti, si muovevano per i terrazzi o le scale, uscivano fuori e rientravano, con in mano delle valigie. Facevano un giretto per la casa di ringhiera, per la corte o anche fuori, e poi rientravano con la valigia stessa. Che stavano facendo? E il bello era che uscivano in maglietta, con quel freddo, col cappellino visierina in testa, come dei cretini. Ma cosa portavano nelle loro valigie? E cosa riportavano indietro? Droga?

La signorina Mattei-Ferri registrò il passaggio di almeno quindici peruviani con la valigia. Ciò nonostante si predispose a stappare una bottiglietta di Maschio, uno spumantino in formato mignon, di quelli che si aprono togliendo una fascetta laterale e che poi non fanno neanche uno schioppettino.

Il Capodanno solitario della Mattei-Ferri era dovuto al fatto che aveva rifiutato l'invito della Magda, per motivi che sapeva ben lei. Ostentatamente non abbandonò mai la sedia a rotelle, timorosa che qualcuno la osservasse ed eventualmente testimoniasse il fatto che poteva benissimo stare sulle sue gambe. Livorosa, era piena di pensieri, ma quando questi pensieri erano al culmine, cioè quando stava stappando la bottiglietta di Maschio, anche lei sentì distintamente l'esplosione, pur non essendo capace di attribuirla a un'arma da fuoco. Erano stati i peruviani, che ubriachi fradici avevano fatto esplodere un enorme petardo, o qualcosa di peggio? Dal suo punto di osservazione non poteva vedere cosa stesse succedendo sul ballatoio superiore, ma poteva intravedere dei bagliori e sentire le grida di giubilo che venivano da quella mandria di selvaggi sudamericani. Ah, gli do un quarto d'ora, se continuano a fare questo baccano chiamo i carabinieri, così vediamo se continuano a ridere e a urlare in modo così sguaiato, quanti di loro avranno il permesso di soggiorno?

Ma pochi minuti dopo le attenzioni della signorina furono distratte nuovamente e definitivamente dall'arrivo di un'ambulanza.

«E questa qui che novità è? Cosa è successo?».

L'ambulanza era ferma nel centro della corte, con il lampeggiatore acceso che ruotava per la casa di ringhiera illuminandone di arancione, a intervalli, tutti i ballatoi. Però quello cui poté assistere la Mattei-Ferri, senza riuscire a decifrare ciò che le persone dicevano, era una situazione difficilmente prevedibile. Immediatamente arrivò vicino all'ambulanza la signora Angela Mattioli, la ex professoressa che se la intendeva col Consonni, che gesticolando, tutta agitata, indicava agli infermieri o medici che fossero la porta dell'appartamento del Consonni, come a fare loro fretta, che si sbrigassero a raggiungere il posto. Ma che cosa era successo al Consonni? si domandava la Mattei-Ferri, forse uno di quei giochi erotici che poi ti penti di aver fatto? Addirittura l'unità coronarica... si era sentito male di cuore?

I lettighieri avevano già preso la scala che conduceva all'appartamento del Consonni quando un altro inquilino, il signor Claudio, si gettò verso l'ambulanza, urlando e strepitando. Pur con la finestra chiusa la Mattei-Ferri riuscì a intuire qualche parola, come «Sto morendo... avvelenato... lavanda gastrica...». Parlava con l'autista del mezzo, il quale faceva dei gesti con le mani, come a dire che lui non sapeva niente e che il personale medico era salito su per l'altra rampa di scale. Si sbracciava indicandola. Il signor Claudio non pareva disposto a sottostare a discussioni, urlando entrò dentro l'ambulanza, fra l'altro con una bottiglia in mano.

«Ah, questa è bella» esclamò la signorina Mattei-Ferri, che non ce la fece più a resistere, si infilò il cappotto, uscì dal suo appartamento sulle sue gambe e, nonostante il freddo pungente, si affacciò dalla ringhiera, per indagare meglio su quello che stava succedendo. Sentiva le urla del Claudio, che pareva come al solito ubriaco, che diceva che dovevano fare in fretta, altrimenti lui sarebbe morto avvelenato. «Oh, signur» pensò la signorina, proprio nel momento in cui fece la sua comparsa anche il signor De Angelis, esanime, che camminava a malapena e che disse all'autista: «Eh, ce ne avete messo di tempo, ma cosa aspettate a venire nel mio appartamento, devo scendere io a farmi vivo, non si usa più arrivare fino al capezzale del moribondo? Ma dov'è la lettiga, cosa pensate, che mi sdrai per terra da solo? Un infartuato?». Così il De Angelis non volle sentire storie, ed entrò pure lui nell'ambulanza, nonostante l'autista cercasse di convincerlo a non farlo.

In quel momento i lettighieri stavano scendendo le scale, portando a fatica la barella con sopra Consonni, che pesava parecchio. Dietro seguivano il dottore e l'Angela.

Santa Madonna, pensava la Mattei-Ferri, sembra morto. L'hanno fatta grossa, questa volta... Quando i lettighieri si apprestarono a caricare il Consonni sull'ambulanza si accorsero che all'interno c'erano due persone, il signor Claudio e il De Angelis, entrambi assai preoccupati dei problemi loro. «Il 118 l'ho chiamato io» urlava Claudio. «Io sto morendo avvelenato...». «No, il 118 l'ho chiamato io» diceva De Angelis con un filo di voce. «Ho avuto un infarto, sono io che sto morendo, non vedete?».

Effettivamente il Luis aveva un aspetto cadaverico, ma forse ce lo aveva anche prima di sentirsi male. Angela fece una piazzata, perse la testa, cominciò a inveire contro quella gente che aveva voglia di scherzare. «Qui c'è un uomo che è stato ferito a morte con un'arma da fuoco. Occorre partire immediatamente! Immediatamente! Scendete di lì. Questa macchina del 118 è quella che ho chiamato io. Ne ho le prove! Scendete immediatamente! È una questione di vita o di morte!».

Ma gli altri due non avevano nessuna intenzione di scendere dal mezzo. Il dottore, molto perplesso, si attaccò al telefono. Mentre lui parlava animatamente col centralino del 118 gli altri continuavano a litigare.

Si stava per sfiorare la rissa, quando il medico, imperiosamente, intimò ai presenti di calmarsi.

«D'accordo, vi porto tutti al Pronto Soccorso, basta che stiate calmi, soprattutto lei signora. Il signor Consonni non mi pare in pericolo di vita. E voi due calmatevi, ditemi tutto in ambulanza».

I due abusivi, almeno secondo l'Angela, si misero da una parte, e si riuscì a caricare la lettiga col Consonni sopra. Proprio lui era sicuramente il più tranquillo, in quanto era ancora privo di sensi. Gli altri due erano talmente concentrati su loro stessi che neanche notarono l'enorme macchia di sangue che si trovava sul petto dell'Amedeo.

L'ambulanza se ne partì a sirene spiegate, per Angela non c'era posto, dovette raggiungere l'ospedale Niguarda con mezzi propri, cioè con la sua Doblò.

Quando arrivò al Pronto Soccorso i tre ricoverati erano già dentro e per Angela non ci fu altro da fare che mettersi ad aspettare.

La Mattei-Ferri era sbalordita e si stava facendo un sacco di domande sulla circostanza cui aveva assistito. Il signor Claudio diceva che lo avevano avvelenato? Ma come faceva a saperlo? Non è che piuttosto si era avvelenato da solo e poi si era preso paura, eh, con tutto quello che gli è successo, i motivi per suicidarsi li aveva e come... Oh, signur.

E il Luis, com'era che aveva avuto un infarto? Eh, beh, con la storia della macchina, e del nipote, un bel sangue amaro se l'era fatto pure lui.

E il Consonni, chi era che gli aveva sparato? Madonnina santa… però così imparava a occuparsi di storie criminali… che era finito anche sui giornali… questo era il prezzo che si doveva pagare alla celebrità…

Una notazione. Dall'istante in cui l'ambulanza aveva fatto il suo ingresso nella corte della casa di ringhiera, addirittura prima che si fermasse, i festeggiamenti dei peruviani non esistevano più. La musica era svanita, le persone anche, così come tutta l'attrezzatura per la grigliata e le numerose vettovaglie. Il ballatoio era deserto come una banchina della stazione di Lambrate alle quattro di notte di un lavorativo. Nell'aria era rimasto solo l'odore di carni alla brace, ma poteva anche essere arrivato da qualche altro casamento nei paraggi. Niente era successo nemmeno dopo che l'ambulanza se ne era andata e gli inquilini della casa di ringhiera erano rientrati.

Per la verità una traccia dei festeggiamenti era rimasta. Si trattava di una sorta di pupazzo di dimensioni umane, con il ventre squarciato e carbonizzato. Era inzuppato d'acqua, evidentemente gli era stato dato fuoco e poi, prima che questo avesse terminato di bruciare, gli era stata buttata addosso molta acqua, in modo da spegnerlo. Chi abbia una minima conoscenza della cultura peruviana avrà sicuramente capito di che cosa si trattava. Era un *muñeco*, vale a dire un pupazzo che si brucia a Capodanno, come rito propiziatorio, un po' come si fa da noi con la Sega Vecchia o altre usanze consimili. Per tradizione nelle tasche del *muñeco* si mettono dei fogliettini di carta, dove ciascuno scrive i cattivi pensieri che ha avuto nel corso dell'anno, per liberarsene. I peruviani vedendo arrivare l'ambulanza si erano spaventati, credevano si trattasse della polizia, e così si erano affrettati a spegnerlo a forza di secchiate. Probabilmente se il rogo del *muñeco* non giunge a termine il rito non ha esito e i cattivi pensieri rimangono.

Gli esperti di cultura peruviana avranno anche riconosciuto il rituale di uscire di casa con valigie vuote, auspicio propizio di viaggi e di cambiamenti.

La Mattei-Ferri non sapeva più che pensare, e mentre cercava di farsi una quadratura della situazione ecco che... «Ma... chi è che arriva, adesso?». Quella notte non c'era veramente tregua. Si trattava di una macchina della polizia, che fece il suo ingresso lentamente, senza sirena, senza rombi di motore e frenate brusche, nella corte della casa di ringhiera; d'altronde il portone principale era rimasto spalancato e quelli entrarono.

Gli agenti uscirono dalla macchina con circospezione, poi salirono una rampa di scale e cominciarono a cercare un appartamento, si vedeva che controllavano i numeri. Dopo un po' capirono quale ne era la disposizione, e parvero dirigersi verso l'appartamento n. 8, quello di Consonni, del quale fra l'altro era stata lasciata la porta aperta. Oh, cosa avrebbe dato la signorina Mattei-Ferri per poter essere dentro l'appartamento insieme a loro.

C'è da dire che in fin dei conti non avrebbe visto molto. Avrebbe visto che i due agenti entravano con prudenza, senza trovare nessuno. Ma che il signor Consonni Amedeo non ci fosse lo sapevano già, era al Pronto Soccorso. Dovevano soltanto dare un'occhiata in giro e fare un controllo. Si può immaginare quale fosse il loro stato d'animo, essere di servizio proprio la notte dell'ultimo dell'anno, per di più mandati a controllare cosa aveva combinato un rincoglionito, soltanto perché una signora isterica aveva detto che c'era stato un colpo di arma da fuoco. Sarà stato un petardo.

Notarono, nell'elegante salotto ricco di stoffe pregiate, bei mobili di noce, divani e poltrone di lusso e cuscini di seta, proprio la bottiglia di champagne mezza rovesciata per terra, sul bel parquet di rovere antico. Videro anche che c'era qualche gocciolina di sangue per terra, il caminetto nel quale il fuoco stava esaurendosi e una tavola ben apparecchiata e non sparecchiata, dopo la fine della cena. Si aggirarono anche per le altre stanze della casa, in cucina, nella camera matrimoniale, nello studiolo che più che altro sembrava un piccolo laboratorio di un tappezziere, nel bagno, e infine nella seconda camera da letto, nella quale, con loro grande sorpresa, trovarono un bambino piccolo, di quattro-cinque anni circa, che dormiva tranquillo. Solo che quando loro aprirono la porta e accesero senza riguardi la luce il bambino si svegliò e dopo pochi secondi chiese: «Chi siete voi? Dov'è il mio nonno?».

I poliziotti, dopo aver spiegato all'Enrico di stare tranquillo, che il nonno era dovuto andare all'ospedale, si dettero da fare per rintracciare la madre del bambino.

«Come si chiama la tua mamma?».

«Caterina».

Cominciarono a spulciare fogli e foglietti vicino al telefono, poi la rubrica del Consonni, ma non riuscivano a trovare niente che potesse condurre al numero di telefono di questa tal Caterina. Enrico li guardava perplesso e incuriosito. Alla fine si decise a domandare: «Che state cercando?».

«Eh, cerchiamo il numero di telefono della tua mamma».

Enrico recitò immediatamente il numero del cellulare della madre.

«Ma tu quanti anni hai?».

«Quattro».

«E sai contare?».

«Fino a ventuno».

«E allora com'è che sai il numero di telefono?».

«Eh, va bene, quello l'ho imparato a memoria».

Intorno alle tre di notte arrivò Caterina, inferocita, e trovò i poliziotti che giocavano a figurine con l'Enrico. Stavano perdendo.

«È ben sveglio suo figlio, lo sapeva?».

«E sì che lo sapevo, ma dov'è quel disgraziato di mio padre?».

«Eh, purtroppo è in ospedale».

«In ospedale? E che cosa gli è successo?».

«Mah, di preciso non lo sappiamo, il collega che si è recato al Pronto Soccorso ci ha detto che non si sa, però l'ipotesi di una ferita da arma da fuoco è improbabile».

«Una ferita da arma da fuoco? Ma cos'è questa storia, in che guai si è messo questa volta, quel cretino...».

«No, stia tranquilla, signora, le stavamo proprio a dire che l'ipotesi è...».

Caterina rivestì sbrigativamente Enrico, che non gradì tanto la prospettiva di interrompere il gioco con le figurine con quei poliziotti veri, e di tornarsene a casa, con la mamma. Pensò anche all'eventualità di fare una bizza, lì per lì, ma si guardò intorno e capì che sarebbe stato inutile.

«Domani quell'uomo lo ammazzo io» pensava guidando la Caterina.

Una volta arrivati a casa Enrico non dimostrava alcuna intenzione di voler andare a letto. Era sveglio come un grillo e continuava a chiedere: «Ma che cos'è successo al nonno?». Era in pensiero, piccolino.

A Caterina toccò leggergli cinque o sei fiabe, prima che Enrico si addormentasse.

Dopo che anche l'auto della polizia se ne era partita, tutto era tornato tranquillo nella casa di ringhiera, gli inquilini che erano rimasti nei loro appartamenti se ne erano andati a letto, compresa la signorina Mattei-Ferri, che si era buttata sul suo giaciglio vestita, esausta e insoddisfatta, visto che non aveva capito quasi niente di quello che era successo. Dall'appartamento dei peruviani... silenzio assoluto. Dalla città ancora qualche rumore di festeggiamenti, qualche botto solitario, in lontananza. Peccato per la Mattei-Ferri, che avendo dato la giornata per conclusa non poté notare che per i ballatoi, appena illuminati dalle due uniche lampadine giallastre della corte, si aggirava qualcuno. Era un'ombra, che procedendo rasente ai muri denunciava un'andatura sospetta e progetti criminosi. Nascondendosi ad ogni angolo l'ombra penetrò nel vano scale di sinistra e senza esitazioni arrivò alla porta dell'appartamento n. 9, quello piccolissimo accanto all'alcova del Consonni. Da diversi giorni era vuoto, perché la signora Erika se ne era andata via, da certi parenti.

Antonio aveva con sé un piede di porco e fu uno scherzo per lui aprire la porta, che peraltro aveva una serratura che non chiudeva bene. La casa, se così si vuole chiamare quel minuscolo monolocale, era in ordine, chissà chi l'aveva fatto. Era da quindici giorni e passa che non ci metteva piede, dopo quello che aveva combinato a Erika. Strano che non ci fossero i sigilli del tribunale. Antonio sapeva che Erika aveva delle riserve di denaro, nascoste da qualche parte, in mezzo ai suoi vestiti o ai cosmetici, e ci dovevano essere ancora, lei quei soldi non li avrebbe certamente potuti recuperare. Ma in casa non c'era più niente, né la roba sua né quella di Erika, avevano portato via tutto. Ma chi era stato? Il piemme? O qualcun altro, che si era incamerato gli euro di Erika e i suoi vestiti? Antonio, dopo quei quindici giorni passati alla macchia, nascosto nei luoghi più impensabili, era disperato. Aveva rubacchiato qua e là, ma aveva bisogno di un po' di soldi per andarsene in Germania. E ora come fare? Non aveva scelta, il momento era propizio, visto che nella notte di Capodanno tutti festeggiano, nessuno avrebbe badato a lui.

Chiunque tiene dei soldi in casa e lui era pronto a tutto, tanto cosa rischiava di più? Pensò di introdursi nell'appartamento accanto, e sarebbe successo quello che sarebbe successo. Lì abitava quel tipo anziano, che di soldi nascosti ne aveva di sicuro. Così, senza pensarci due volte forzò la porta dell'appartamento di Consonni e si gettò come una furia in camera, per rapinarlo. E se quello non aveva i soldi, beh, lo avrebbe portato a uno sportello del bancomat, e gli avrebbe fatto prelevare tutto quello che poteva prelevare. Il rischio era grosso, perché quel signore lo avrebbe riconosciuto, lo avrebbe detto alla polizia. Beh, c'era il sistema per fare in modo che questo non avvenisse. Un bel colpo di piede di porco in testa e addio al bastardo impiccione. Tutta la sua carica omicida si esaurì presto, perché in casa non c'era nessuno. C'era ancora la tavola apparecchiata, una bottiglia di spumante a mezzo, ma di persone neanche una.

Antonio si mise frettolosamente a cercare in camera, aprì qualche cassetto, cercò in cucina, nei barattoli, in bagno, insieme alle medicine, ma non trovò una lira. Diventava sempre più furioso… quello stronzo… dopo un quarto d'ora desistette. Sgraffignò una manciata di monete che Consonni teneva in una ciotola vicino alla porta d'ingresso.

Quando Antonio fu fuori optò per l'appartamento 2, a caso. Qui qualcuno ci sarà, pensava infuriato. Si catapultò dentro, ma anche qui non c'era nessuno. Possibile? Era pronto a ripetere l'operazione, ma come fare? In casa c'era solo una sterminata quantità di libri e di tazzine da caffè, i pregiati servizi cui Angela teneva tanto, che però per Antonio non avevano nessun valore. Anche qui si mise alla ricerca, trovò solo dodici euro in spiccioli vicino al telefono.

Dopo fu la volta dell'appartamento 16, quello del De Angelis. Se non mi dà i soldi lo ammazzo seduta stante, pensava Antonio. Ma che cazzo, anche questo appartamento era vuoto, ma dove erano andati tutti a finire? Anche qui Antonio si mise a setacciare i cassetti e i possibili nascondigli. Ma non era esperto. Un topo di appartamento conosce alla perfezione i luoghi dove le persone, soprattutto quelle anziane, nascondono i soldi, spesso li attaccano con lo scotch sotto i cassetti, basta guardarci per trovare qualche cosa. Esattamente così aveva fatto anche il De Angelis, con una cifra assai cospicua, che avrebbe risolto molti problemi ad Antonio, vale a dire più di tremila euro, che teneva di riserva. Sfortunatamente per lui Antonio non li trovò. Otto euro in spiccioli furono il suo bottino.

Esasperato, forzò anche la porta dell'appartamento accanto, quello del signor Claudio, ma lì c'erano soltanto bottiglie vuote.

Con il piede di porco in mano non sapeva più che fare, era in confusione. Al centro della corte della casa di ringhiera avrebbe voluto urlare: «Venite fuori, bastardi di merda, lo so che ci siete, io vi ammazzo tutti». Poi vide la BMW. Fu tentato di prenderla a colpi di piede di porco, così imparavano... ma pensò: «E se mi riuscisse di metterla in moto?». In giovane età qualche macchina l'aveva portata via, chissà che... ma appena provò a infilare il piede di porco fra la portiera e la carrozzeria scattò immediatamente l'allarme antifurto, facendo un baccano del diavolo. Un paio di luci si accesero in altri appartamenti, fra i quali per primo quello della Mattei-Ferri.

In pochi secondi Antonio fu fuori dal casamento, correndo a perdifiato, un po' impedito dalla montagna di spiccioli che si portava dietro.

Intorno alle quattro il medico di turno del Pronto Soccorso uscì in sala d'aspetto facendo il nome di Consonni Amedeo. Angela si precipitò: «Sono io, sono io, mi dica, come sta?».

«Lei chi è, una parente?».

«No, veramente no, parente no, però... è vivo?».

«Beh, ma il signor Consonni non ha parenti? Lei ha un qualche attestato, un documento? Chi è lei?».

«Io sono la professoressa Angela Mattioli, sono sentimentalmente legata al signor Consonni, può dire a me» disse Angela, temendo il peggio. «C'è una brutta notizia?».

«No, signora, non c'è una brutta notizia, ma io non posso darla a lei, mi ci vorrebbe un familiare, il signor Consonni non ha familiari?».

«Beh, sì, ha una figlia».

«Ed è stata avvertita?».

«Eh, beh, non so, non credo».

modo del tutto improbabile, certamente. Aveva disciolto qualche pasticca di benzodiazepina dentro il whisky, una cosa da dilettanti, probabilmente un gesto del tutto dimostrativo, una richiesta di attenzione, come si suol dire, però sta di fatto che nella bottiglia di whisky (il paziente se l'era portata dietro) c'erano degli ansiolitici e il soggetto aveva fin dall'inizio mostrato un comportamento strano, che il vero suicida assolutamente non mostra, cioè quello di denunciare l'avvelenamento da parte di qualcun altro, comunque immediatamente dopo l'assunzione. Alla fine il tutto sembrava una pantomima, ma come si sa bene, nei tentativi di suicidio molto spesso delle pantomime si trasformano in tragedie. Questo fu quello che il medico di turno comunicò a Donatella, la moglie di Claudio, per il momento separata di fatto in quanto era scappata via di casa con i figli, andando ad abitare temporaneamente da suo fratello. Era stata chiamata alle quattro del mattino.

Donatella parlò chiaro col dottore, gli disse che non era la prima volta che suo marito metteva in scena roba del genere e che lei non ne poteva più, e che non c'era da dargli troppo credito, di storie simili ne inventava una al giorno, ma che si suicidasse era impossibile, perché lui pensava ad una cosa soltanto, bere, e se moriva, come poteva riuscire a bere ancora? No, lei di queste «richieste di attenzione» era abituata ad averne una decina al giorno, autolesionismo di finzione che poi si trasformava in realtà, aggressioni, deliri, allucinazioni, vittimismo, sceneggiate di tutti i tipi, dal ra-

«Ah, andiamo bene, e allora qui come facciamo?».

«Ma dica a me, dica a me, la Caterina dopo la avverto io, sa, lei abita lontano».

«Lontano quanto, io non posso dare informazioni a persone non autorizzate».

Lo stato d'animo del medico di turno per il primo dell'anno era del tutto simile a quello dei due poliziotti che erano andati a controllare l'appartamento del Consonni.

«Ma guardi che sono io che ho chiamato il 118, ero io in quel momento col Consonni, insomma, mi vuol dire se ce l'ha fatta?».

Il dottore fece finta di leggere su un foglio, poi decise di esprimersi, non prima di aver fatto firmare un altro foglio all'Angela nel quale lei si dichiarava la persona legata al Consonni da rapporti consolidati unicamente reperibile.

«Insomma, mi vuole dire?».

«Veda, signora, il signor Consonni è andato incontro al trauma direi più frequente nell'ultimo dell'anno, vale a dire è stato colpito da un tappo di una bottiglia di spumante...».

«Veramente era uno champagne...».

«Fa lo stesso, ne abbiamo il Pronto Soccorso pieno. E guardi che il signor Consonni è stato fortunato, perché il tappo poteva colpirlo in un occhio, e allora sì che possono intervenire problemi seri. No, il signore il tappo lo ha preso in mezzo alla fronte, ed è per quello che ha perso i sensi, ma ora li ha ripresi, anche se per la commozione cerebrale sarebbe meglio fare accertamenti ulteriori, non si sa mai».

«E tutto quel sangue sulla camicia?».

«Ah, no, beh, quello, dipende da una ferita a un dito, subungulare, è incredibile quanto sangue possa uscire da un dito se uno si infila un pezzo di ferro sotto un'unghia, ma non è niente, comunque gli abbiamo già fatto l'antitetanica».

«Ma posso vederlo?» disse Angela con un tono un po' melodrammatico.

«No, per il momento no, il trauma c'è stato, è bene che per ora riposi».

Il dottore però sembrava un po' titubante.

«Ah... c'è un particolare che vorrei aggiungere, ma essendo che lei non è un familiare, non posso comunicarlo a lei, è una questione veramente confidenziale. Riuscirebbe a contattare la figlia, o il parente più prossimo, in sua assenza? Si tratta di una questione assolutamente confidenziale».

Angela si rimise a sedere sulla seggiolina, sollevata ma anche inquieta. Il Consonni non era stato vittima di un assalto con arma da fuoco, ma, poverino, aveva subito un grave trauma. E poi, qual era questa questione assolutamente confidenziale?

Nel frattempo il Consonni risvegliato aveva la testa confusa, l'ultima cosa che ricordava era la cena con Angela, ma com'è che si trovava in un lettino di ospedale? E poi cosa avevano da ridere quelle infermiere lì intorno?

Gli spiegarono che cosa era successo e col passare del tempo riaffiorarono i ricordi. Ma a che ora lo avevano portato al Pronto Soccorso? E a casa chi era rimasto?

Improvvisamente si ricordò che Enrico era solo in casa. Oh, mamma mia, e l'Enrico? Stabilì che doveva immediatamente fare ritorno. Si alzò dal lettino, un po' indeciso e traballante, e soprattutto avvertì una sensazione strana, in mezzo alle gambe, oh, santa Madonna, che vergogna... ecco di che cosa ridevano quelle infermiere... «Ma i miei vestiti, dove sono i miei vestiti?».

Li trovò nel mobiletto e cominciò a metterseli.

«Lei che sta facendo?» gli chiese perentorio un infermiere di passaggio.

«Devo andarmene, devo andarmene subito...».

«Ma lei non può, è sotto osservazione... ha avuto un trauma... è pazzo?».

«Chiamatemi il dottore, chiamatemelo, firmo tutto quello che c'è da firmare...».

Firmò la dimissione e tornò a casa in taxi, con quell'affare che non voleva saperne di scendere giù. Neanche vide Angela in sala d'aspetto, anche perché non c'era, essendo andata a prendere un caffè.

Arrivato a casa Consonni non poté far altro che constatare quello che temeva. L'Enrico non c'era più.

La situazione di Claudio Giorgi era un po' più com
plessa. Verificato l'elevatissimo tasso alcolemico, era st
to in qualche modo ripulito e controllato, e sedato,
sto che non accennava a calmarsi. Insisteva sul fa
che era in pericolo di vita.

Però, oltre alla sua ubriachezza, un problemin
giuntivo c'era, ed era il fatto che forse il signor
dio aveva effettivamente tentato il suicidio.

pimento all'attentato, di tutte ne aveva viste. «Comunque la metto in contatto col responsabile del centro alcologico cui fa riferimento mio marito».

Questo per un medico di turno ad un Pronto Soccorso è veramente un colpo basso: doversi mettere in contatto con un collega, quindi buttar giù una relazione fatta bene e magari avere anche delle rogne... no, proprio l'ultimo dell'anno, anzi, il primo dell'anno... una vera magagna. Ma Donatella ormai era troppo esperta: «Ho già comunicato al dottor Germani del centro alcologico di questo ricovero, credo che domani passerà di qua». E vaffanculo dottorino di merda che pensi di farmi la paternale, e di scaricare addosso ai familiari tutto il problema, sono dieci anni che vivo in un incubo e tu mi parli di «richiesta di attenzione».

Donatella se ne andò, alle cinque del mattino, disperata e rassegnata.

Intanto nel reparto Claudio faceva il diavolo a quattro, voleva andarsene e minacciava il personale di mettere tutti nei guai. Ora avrebbe voluto uscire subito dall'ospedale, sentiva un gran bisogno di bere per rimettersi in sesto.

Nel frattempo l'Amedeo cercava di riprendere il controllo della situazione. Che era successo all'Enrico? Si era perso, cercando il nonno? Oh, santo cielo, e adesso? Consonni incrociò la signorina Mattei-Ferri, che sapeva tutto: aveva visto arrivare la macchina della polizia, poi la Caterina che aveva preso l'Enrico.

«Signorina Mattei-Ferri, buongiorno, anzi buon anno, ma lei, mi sa mica dire qualcosa su quello che è successo?».

«Io? E cosa vuole che ne sappia io di quello che è successo? Io dormivo, sa? O almeno cercavo di farlo. Ma non ci sono mica riuscita tanto bene, sa? Perché dopo l'ambulanza è arrivata una macchina della polizia, a fare cosa non lo so, però sono rimasti a lungo. E poi verso le quattro se ne sono partiti. E allora sì che me ne sono andata a dormire. E lei, come sta?».

«Ma l'Enrico? Sa niente dell'Enrico?».

«No, e cosa vuole che ne sappia? Se non lo sa lei, dell'Enrico, chi lo deve sapere?».

Come diceva Freud, gli esseri umani sono cattivi, ma questo pensiero il Consonni in generale non lo condivideva.

Per fortuna, si fa per dire, di Consonni, verso le sette, proprio quando stava per telefonare alla polizia, lo chiamò Caterina, dire che fosse incazzata è dire poco. Del fatto che suo padre fosse finito all'ospedale neanche se ne curò, era imbelvita perché era dovuta andare a riprendere Enrico alle quattro di notte, lasciato solo, e poi... che neanche per l'ultimo dell'anno uno possa stare tranquillo.

«Ho avuto un incidente, ho perso i sensi, Angela ha pensato che...».

«Ah, Angela ha pensato che... ma bene, ma bravo, Angela ha pensato che... e chissà che cosa ha pensato... perché, pensa quella lì? E che cosa pensa, che valga la pena di lasciare un bambino di quattro anni solo in casa? E la figura che ho fatto? Non ti dico come mi guardavano gli agenti... Come una criminale... Ci manca solo che io, o te, ci prendiamo una denuncia per abbandono di un minore, lo sai che cosa gli poteva succedere?».

«Ma io... cosa potevo fare... e l'Angela si è presa paura, ha visto il sangue... ha pensato che...».

«Quell'Angela è una perfetta cretina!» strillò Caterina dentro il telefono, talmente forte che Angela, che in quel momento era rientrata nell'appartamento di Consonni, poté udire distintamente.

Non disse niente. Guardò Consonni con disprezzo. Era rimasta in sala d'attesa fino alle sei, nessuno le aveva detto niente, poi, quando si era andata a informare, pensando che ci fossero delle complicazioni, allora, bella sorpresa, le avevano comunicato che il paziente Consonni era stato dimesso da un bel pezzo.

Angela non ne voleva più sapere del Consonni e della sua cara figliuola. Si limitò a dire: «Non ti fare più vivo. Per me puoi anche morire». Recuperò il pacchettino che era rimasto sul tavolo e se ne tornò nel suo appartamento. Amareggiata, disgustata, prostrata, si buttò sul letto augurandosi di dormire per sempre. Ma non fu così, perché non riusciva a prendere sonno.

E il De Angelis?

Forse il suo caso clinico era il più serio dei tre, ma a questo riguardo i medici avevano molte perplessità. I sintomi che il De Angelis aveva descritto non davano adito a dubbi, sembravano proprio quelli di un'ischemia cardiaca: forte pressione retrosternale, sudori freddi, dolore al braccio sinistro a «pugnalata», senso di svenimento, affanno, ecc. Ma dagli esami fatti, pressione, ECG, enzimi, ecocardio... non risultava assolutamente niente, il signor De Angelis pareva sano come un pesce, che si trattasse di un simulatore? Che proprio la sera dell'ultimo dell'anno si fosse sentito solo, abbandonato, e che fosse stato preso dalla paura, dallo scoramento, o chissà da quale altro sentimento? Il cardiologo fu chiaro, secondo lui il De Angelis non aveva avuto proprio niente, se non forse una crisi di panico.

«Lei ha il fisico di un giovanotto» gli disse per tranquillizzarlo. «È solo un pochino disidratato, ma è cosa da nulla, beva più acqua».

Il De Angelis tranquillo non lo era affatto, perché era convinto di aver avuto un infarto e inoltre perché non si dava pace sulla questione della patente. Per tutte le ore che era rimasto inchiodato nel lettino, lo avevano spostato nel reparto di clinica medica, non aveva pensato ad altro. Come faceva a negare che la macchina l'aveva guidata lui e che c'era lui al volante quando l'autovelox aveva colpito come una mannaia? E allora come avrebbe fatto a mantenere la patente, visto che gliela avrebbero semplicemente tolta per sempre?

Al solo pensarci sentiva una forte oppressione al cuore. Ne immaginò di tutte: di negare che era lui al volante, in fondo la macchina l'aveva il Daniel, suo nipote, in conto vendita. E che se la vedesse lui. Ma no, ma no, anche il proprietario della BMW sapeva che la macchina era stata usata, e dal Luis. E poi c'erano un'infinità di testimoni: tutti gli inquilini della casa di ringhiera l'avevano visto entrare ed uscire con la BMW, per non parlare del Consonni, cui il De Angelis aveva dato addirittura un passaggio fino a Usmate, proprio a quel viaggio risalivano quattro delle multe prese per eccesso di velocità. E che eccesso poi, 50 chilometri oltre il limite.

No, no, la strategia negazionista non avrebbe funzionato. E allora? Proprio adesso che disponeva di una macchina che era un gioiello. E se avesse dichiarato sotto giuramento che la macchina la guidava il Consonni, o suo nipote, o sua sorella Ernestina... ma come ottenere la dichiarazione? Minacciando, ricattando, estorcendo...

Più i medici tentavano di rassicurarlo e più lui si sentiva male. D'altronde, pensava, meglio morire che ritrovarmi senza patente e con quello che mi è costata la BMW.

Eppure i medici dicono che sono sano come un ragazzo. E quei maiali dell'ACI mi faranno delle storie per la patente, mi sottoporranno a qualsiasi tipo di test. E la vista? Già, e la vista?

«Dottore, non mi pare di vederci bene, mi pare di avere dei problemi al campo visivo...» disse il Luis al medico di turno, che essendo un novellino ci credette e fece portare immediatamente il De Angelis al Pronto Soccorso Oculistico, per una visita approfondita. Chiese anche la consulenza del neurologo. Ne risultò che il De Angelis ci vedeva come ci aveva sempre visto, qualche diottria gli mancava, non a caso sulla patente c'era l'indicazione della guida con gli occhiali, ma la sua vista negli ultimi anni non era peggiorata.

«Mi potrebbe rilasciare un certificato?» chiese il De Angelis all'oculista. «Sa, mi può sempre servire...».

Nel pomeriggio il De Angelis fu dimesso, non c'era alcun motivo ragionevole per trattenerlo, se non l'età, ma quel vecchietto stava meglio di chiunque altro. E poi questa sua fissazione di farsi certificare tutto, anche dal neurologo sui suoi riflessi. Che fosse venuto solo per farsi fare un check-up gratuito?

Luis uscì dall'ospedale carico di certificati e di pensieri, ma anche con un'idea brillante. In Italia non si ottiene niente senza pagare. Certamente non poteva cercare di corrompere il funzionario della polizia stradale perché gli togliesse le multe. Ma una strada forse c'era. Qualche tempo prima il Daniel aveva chiesto allo zio Luis un favore, se dichiarava che era lui alla guida della sua macchina... perché aveva preso una multa. Lui aveva naturalmente rifiutato...

Tornato a casa prese il cellulare. Trovò il bigliettino dove c'era scritto il numero del nipote e lo digitò.

«Ciao Daniel, ti volevo augurare buon anno».

«Eh... come... chi parla?». Daniel stava ancora dormendo, si vede che aveva fatto tardi per il veglione. Comunque gli parve immediatamente molto strano che lo zio, che l'ultima volta che lo aveva visto lo aveva minacciato di farlo incarcerare, lo chiamasse per fargli gli auguri.

«Ah, ciao zio, come va? Tutto bene?».

«No, veramente no, purtroppo sono stato in ospedale... ma ora mi hanno rimandato a casa...».

«In ospedale? Hai avuto un incidente? Col BMW?».

«No, no, altre cose... ma già che ci siamo a parlare della BMW, avrei da chiederti un favore, a proposito di certe multe».

«Ah no, ho capito, a me non mi ci tiri dentro, le multe le hai prese tu, io non c'entro niente...».

«E se facessimo che tu dichiari che eri tu al volante e io, multe escluse, ti dessi 3.000 euro?».

Erano le diciannove e venti del primo gennaio. Alle diciannove e cinquantaquattro Daniel era già a casa del Luis, pronto a firmare la dichiarazione, ma il pagamento andava effettuato immediatamente e in contanti.

Così avvenne.

Ma ora tutte le previsioni di spesa del Luis per l'anno nuovo erano andate a farsi friggere, dovette rifarle da capo...

Anche lui ebbe problemi di sonno, era troppo agitato. Li risolse nella maniera più semplice, con un Tavor.

Nel condominio De Angelis non fu l'unico a dover revisionare la lista dei proponimenti, fatta solo qualche ora prima. Effettivamente erano accaduti dei fatti, delle complicazioni. Si trattava di complicazioni centripete e ciascuno doveva prendere dei provvedimenti centrifughi. Peraltro nessuno fece troppo caso agli spiccioli mancanti, né a qualche graffio sui portoncini d'ingresso dell'appartamento, né dunque si pose il problema di come certe volte, anzi, quasi quotidianamente, le complicazioni piccole e banali ci risparmiano altre complicazioni assai più gravi.

Angela ripensò dalle fondamenta ai suoi propositi sulla situazione con Caterina: i tempi evidentemente non erano ancora maturi per dimostrarsi generosa e che quella stronza andasse a farsi fottere. E con l'Amedeo? Per il momento voleva solo far sbollire la rabbia che provava, per essere stata lasciata nella sala d'attesa dopo tutto quello che aveva fatto e dopo tutto quello che aveva sofferto. Non riusciva a dormire. Così si alzò di nuovo e si preparò una tisana. Che però non bastò a farla assopire, ci volle anche la lettura di una decina di pagine di Manchette.

Consonni, costernato, nel tentativo di recuperare terreno nei confronti di Angela, aveva stabilito che senza mettere tempo in mezzo doveva leggere con impegno il manoscritto, affrontandolo con tutte le energie di cui disponeva. Il fatto è che di energie ne aveva poche, era esausto, e gli faceva male la testa. In mezzo alla fronte aveva un bel bozzo, che recava anche una sorta di decorazione a forma di tappo di spumante. A pagina 5 del manoscritto dal titolo «Il segreto di Angela» leggeva:

... *Una volta a scuola un rappresentante di libri scolastici mi aveva sottoposto una nuova antologia per il biennio, fatta per grandi temi. Uno di questi temi era «Donne» e si divideva in quattro capitoli: «Figlia», «Madre»,*

«Sorella», «Seduttrice». Il rappresentante mostrandomi quell'indice pensava di farmi cosa gradita, come se io dovessi approvare l'impostazione, e pensare: «Ecco finalmente qualcuno che parla di temi seri e veri». Invece su di me una simile impostazione ebbe l'effetto contrario. Ma me lo vieni a dire a me, pezzo di un cretino di rappresentante, che nel corso della giornata devo fare tutte queste cose? Vuoi che ti racconti come funziona la mia giornata? Vuoi che ti racconti che mia sorella abita a mille chilometri dalla città dove sto io e dove sta nostra madre, e che lei di nostra madre non se ne occupa per niente, salvo poi, quando viene una volta ogni sei mesi, fare commenti sul fatto che la mamma è un po' abbandonata a se stessa e che, insomma, certe cose sarebbe meglio non farle, bisognerebbe avere un po' più di cura, che certe volte una carezza, un bacio, sono più importanti di mille rimproveri, di mille ansie. Ma vaffanculo, Antonietta, vaffanculo, pensavo quelle volte che mi sentivo fare queste ramanzine, io che ero l'unica che di mia madre, pace all'anima sua, mi occupassi veramente...

Anche le parolacce, eh, accidenti, questo l'Amedeo non se lo sarebbe proprio aspettato da Angela, solo che per il momento l'Amedeo alle parolacce non c'era arrivato, perché si era addormentato prima, dopo aver riletto per quattro volte, senza capirlo, il primo periodo. Ma che ci poteva fare se era stanco morto e gli si chiudevano gli occhi?

La revisione dei proponimenti, così come un approccio più deciso alla lettura, l'avrebbe fatta la mattina dopo, a mente fresca. Con un impegno tassativo: leggere almeno 15 pagine al giorno. E la collezione di crimini? Mah, per il momento era meglio soprassedere, altrimenti Angela non gliel'avrebbe assolutamente perdonata.

Anche il signor Claudio dovette ritornare un pochino sui suoi propositi. Il proponimento di smettere di bere fu rinviato a un momento successivo, meno stressante, diciamo il 6 gennaio. Proprio per riprendersi dallo stress aveva avuto bisogno di alcol. Con l'esperienza di colui che soffre di una dipendenza da molti anni, era riuscito a procurarsi il potus nell'ospedale stesso, introducendosi di soppiatto nella stanza degli infermieri. Lì aveva sgraffignato due bottiglie, una di Berlucchi spumante e una di limoncello, che una volta a casa si era bevute nell'ordine. Poi si era addormentato profondamente anche lui, come il Consonni, l'Angela, l'Enrico e il De Angelis: in fondo come dicevano gli antichi sia le narrazioni che l'alcol sono dei narcotici e svolgono una simile funzione ansiolitica conciliando il sonno.

Antonio Manzini

L'accattone

Alfredo Bissolati ce la poteva fare.

Doveva solo attenersi alle regole principali senza sgarrare mai. Bastava poco, un errore anche piccolo e la sua vita sarebbe rotolata via insieme ai 400 euro di pensione che percepiva ogni mese.

La carne per i cani. Quella era stata la prima scoperta di Alfredo. 500 grammi di carne costavano 80 centesimi. E con una scatola ci mangiava due giorni. Poi un chilo di riso soffiato. Sempre per cani, tanto gli avevano detto che era uguale a quello macrobiotico, e costava solo un euro e cinquanta. Il riso durava dieci giorni. Quindi facendosi due conti con poco più di 16 euro mangiava un mese intero. Ma doveva ancora migliorare l'apporto giornaliero di potassio e vitamine, essenziali per il corpo e il funzionamento degli organi. Senza quelli non andava avanti. Aveva trovato la soluzione al mercato di via Garibaldi. Dopo la chiusura, quando anche l'ultimo dei clienti era sparito e le bancarelle cominciavano a chiudere le saracinesche, trovava un sacco di roba. Buttano l'ira di Dio i mercati. Frutta e verdura ancora buona. Magari perché un po' ammaccata, o leggermente nera. Pomodori, foglie di insalata, mele, melanzane. Qualche volta anche una banana. E lui andava, cercava e portava a casa le vitamine essenziali. Doveva solo essere più veloce di Carlo e del ragionier Iatta.

SDRANGHETEBAM!

«Che cazzo!» saltò in aria Alfredo. Li vide scappare. Tre ragazzini. E la puzza di polvere da sparo nell'aria. Li maledisse «a brutti fijidenamignotta!» ma i tre avevano già scavalcato la recinzione di un condominio. «Lo sapete dove ve li metterei 'sti petardi?» urlò. Solo ora si rese conto che s'era addormentato sulla panchina. Le sue sinapsi logorate dal tempo ci misero un minuto a resettarlo con la realtà: cielo nero, dunque era tardi, petardi, perché era il 30 dicembre.

«Che ore so'?» disse. Non aveva l'orologio. Si alzò e si avvicinò al parchimetro. Aveva imparato che sui mangiasoldi per il parcheggio c'era sempre segnata l'ora. Le cinque e mezza!

Sdranghetebam! fece eco lontano un ennesimo petardo sparato dalla banda di ragazzini. Le cinque e mezza! Era terribilmente in ritardo sulla tabella di marcia. «Brutto deficiente» si disse «che t'addormenti sulla panchina? Il 30 dicembre poi? Me sto proprio a rincojoni'!». Anche se stava facendo un sogno dolcissimo. Era Assunta, sua moglie, che se n'era andata tanti anni fa in un incidente domestico. Una scivolata su una saponetta in bagno. E la vita di Assunta si era spenta sul bordo del bidet di porcellana della Richard Ginori. Ma quand'era? Il '69 o il '79? pensava. Mica se lo ricordava. Facce, strade, amici spesso giravano nella sua testa alla velocità di una giostra, e la sua memoria somigliava a una nebulosa dalla quale ogni tanto spuntava un viso, una strada, un odore. Ma non sempre riusciva a metterli in fila. Gli faceva brutti scherzi, la memoria. Per esempio si ricordava benissimo le cose da bambino. Le canzoncine che cantava come balilla prima e avanguardista dopo, le botte della maestra Anna Maria Cagliostro Serino, le carrube che ciancicava all'uscita di scuola. Ma quello che aveva fatto la mattina prima no. Non lo ricordava. Si chiuse la lampo della giacca a vento, si annodò la sciarpa di lana sul petto e si incamminò al passo più svelto che i suoi 84 anni gli concedevano. Se non si fosse sbrigato, al mercato non avrebbe trovato più niente. Sapeva che oggi, penultimo dell'anno, le bancarelle avrebbero fatto orario anche di pomeriggio, ma alle cinque comunque avrebbero chiuso. Erano quasi le sei, e in un'ora il ragioniere Iatta e Carlo avrebbero già potuto razzolare tutto il meglio. Con l'ansia e la testa bassa pensava solo a fare un passo dopo l'altro. Come gli avevano insegnato nell'esercito. «Paassooo! Passoo! Passo! Uno'ppì».

Svoltò l'angolo e vide il mercato di via Garibaldi, il suo mercato! Era lì con i suoi chioschi verde-grigio e i tetti di lamiere che riflettevano la luce dei lampioni. I banchi avevano già chiuso le saracinesche, e le cassette di frutta vuote giacevano accatastate ai lati dei gazebo ortofrutticoli. Un cane annusava indisturbato. Del ragioniere Iatta e Carlo non c'era traccia. Magari quei due non lo sapevano che c'era mercato oggi pomeriggio, pensò, e accelerando il passo entrò nel recinto di metallo che circondava il mercato. Subito una bella notizia gli aprì il cuore. A terra c'erano foglie di insalata. E un finocchio ancora intero se ne stava incastrato sotto la saracinesca della bancarella numero 12, che era di un egiziano, Faruk vattelappesca. Bene! si disse. Con un gesto rapido sfoderò la bustina di plastica dalla tasca e si chinò a raccogliere le due foglie di insalata per poi avvicinarsi al finocchio. Raccolse anche quello. Solo le foglie esterne erano nerastre, ma eliminate quelle era ottimo, bianco e carnoso. Una vera botta di fortuna. Girò intorno alla bancarella di Faruk, e sulle cassette di legno trovò addirittura due mele appoggiate. Erano state morse da un lato. Bastava tagliare via il quarto mangiucchiato per avere due frutti belli polposi da mangiare dopo cena. Si diresse verso il chiosco numero 13. Buste di plastica incastrate fra le zampe di ferro dei baracchini, due secchi, cassette sparse ma neanche l'ombra di una verdura. Maledetti, sono già passati. Deviò deciso verso la 14. Solo torsoli di lattuga romana, scarti di cicoria, un pacchetto trasparente con dei chiodi dentro nuovi di zecca, un centimetro da carpentiere con la targhetta del prezzo ancora attaccata... un paio di mocassini vecchi con i buchi sotto la suola. Infilati nei mocassini c'erano i calzini a rombi che proseguivano con i pantaloni di fustagno marroni stretti in vita da una cinta logora. Sopra i pantaloni una giacca di lana vecchia e lisa sotto i gomiti, dalla quale usciva una camicia di flanella rossa e marrone. Dal colletto della camicia a quadretti spuntava la testa insanguinata del ragionier Iatta. Gli occhi azzurri e aperti, la bocca spalancata e la chiostra dei denti superiori staccata dalle gengive.

«Madonna del Loreto!» disse Alfredo accasciandosi come un burattino abbandonato dal marionettista alla fine di uno spettacolo. «Ragioniere...» lo chiamò a bassa voce «ma che cazzo...?».

Trenta dicembre, sei di pomeriggio. Il vicequestore Rocco Schiavone guardava fuori dalla finestra il buio picchiettato dalle luci degli uffici dei palazzi di fronte. Aveva quattro alternative per far finire quel pomeriggio vuoto e deprimente: 1) partita a briscola on-line, 2) rompere le palle all'agente biondina del terzo piano, 3) cercare sul «Messaggero» qualche annuncio divertente, 4) cannetta. Optò per la quarta. Si mise a rollarla davanti alla finestra del suo ufficio al commissariato Colombo, Eur, Roma. La sua città. Dov'era nato, a Trastevere, vicolo del Bologna, dov'erano nati i suoi genitori, i suoi nonni. Sempre in quell'appartamento a piano terra. E la culla era sempre la stessa da tre generazioni: un cassetto del settimino di nonna buonanima. Roma che adesso forse doveva lasciare. E per sempre. L'avevano beccato. Avevano indagato. E ora rischiava di pagare un prezzo altissimo per quella cazzata di due anni prima. Che se ci pensava gli venivano ancora i brividi lungo la schiena. Bene che andava lo stavano per trasferire, lui lo sapeva. E i capoccioni pure. Sperava solo di finire al Nord. Lì almeno il lavoro sarebbe stato più leggero. Se fosse prevalsa la linea dura e avessero ignorato i suoi brillanti risultati in polizia, la sua carriera andava a farsi benedire. E forse anche la sua libertà personale.

Fumava e guardava i fari delle macchine impazzite. Se l'immaginava quei tipi e quelle tipe mentre si affrettavano per gli ultimi acquisti prima del cenone di domani. A caccia di mutande rosse, spumanti zuccherosi, salmoni affumicati nei supermercati e botti dai banchetti dei cinesi.

Lui a Capodanno andava a dormire alle undici e un quarto.

Al massimo.

Capodanno nella lista di Rocco Schiavone veniva al terzo posto delle peggiori date del calendario. Al primo posto c'era il suo compleanno, che lui odiava in maniera totale, violenta, omicida. Gli auguri li considerava degli insulti. E non era un atteggiamento preso dopo i quaranta, non era una cosa da scambiare con la senilità incipiente e col tempo che passa sempre più veloce. Lui già a sei anni, quando giocava per le strade di Trastevere, poteva spaccare teste e setti nasali se un amichetto o un parente gli avesse fatto i fatidici auguri il 7 di marzo.

Al secondo posto c'era la Pasqua. Rocco la odiava per tre motivi. Il primo era che non arrivava mai lo stesso giorno. Cambiava ogni anno, e questo la rendeva imprevedibile e micidiale come un killer professionista. Il secondo che, proprio per la sua imprevedibilità, faceva arrivare le colombe e le uova mentre ancora stavi digerendo il panettone di Natale. Il terzo era di natura squisitamente teologica. Sapete quando è nato il figlio di Dio. Possibile che non siete mai riusciti a capire quand'è che è risorto? Al terzo posto c'era il Capodanno. Dovere per forza andare da qualche parte a fare il conto alla rovescia, stappare la bottiglia, urlare auguri a squarciagola e fingere di divertirsi e essere sereno. E poi c'erano i botti. Nel suo personalissimo codice la pena per i costruttori e i fruitori dei fuochi di Capodanno andava da un anno di reclusione ai lavori forzati in una miniera in Cile, in base ai botti che utilizzavano, al rumore che provocavano e ai soldi che riuscivano a sprecare in sei minuti. Gente che lesina sulla frutta e la verdura tutto l'anno per poi scoppiare centinaia di euro in pochi minuti ferendosi, facendo danni, spaccando oggetti e coglioni, lui la detestava. Il primo gennaio invece era uno dei giorni più belli dell'anno. Nessuno per le strade, nessuno nei negozi, tutti a dormire gonfi di cibo e vino da supermercato, con le bocche secche e le orecchie che ancora fischiano per la musica a palla e i tricchetracche sul balcone. E lui solo, a Ostia a passeggiare sulla spiaggia.

Si accorse solo al terzo squillo che il telefono richiedeva la sua attenzione.

Alzò la cornetta.

«Sì?».

«Dottor Schiavone?».

«E chi vuoi che sia?».

«Abbiamo un problema al mercato di via Garibaldi».

«Alle sei del 30 dicembre? Quale problema, Parrillo?».
«Un morto».

«Ugo Iatta, 79 anni, ex commercialista. Abitava in piazza Pantero Pantera» gli spiò l'agente Parrillo che aveva guidato a 200 chilometri all'ora sulla Cristoforo Colombo.

Rocco guardava l'uomo steso a terra illuminato dalle luci al quarzo dei lampioni stradali. Alla destra del cadavere c'era una bustina di plastica piena di chiodi e un centimetro da carpentiere. Sembravano nuovi. Avevano ancora il prezzo appiccicato sopra.

Non ci voleva l'anatomopatologo per capire cosa avesse provocato la morte del vecchietto. La parte destra del cranio era fracassata all'altezza della tempia. Liquido organico s'era seccato intorno alla ferita e un rivolo di sangue era sceso a toccare l'asfalto. Non c'era tanto sangue. Anzi, ora che Rocco osservava meglio, era davvero poca roba per una botta simile. Non era il primo morto che vedeva, e non sarebbe stato neanche l'ultimo. Ma lasciarlo lì con la dentiera mezza staccata e gli occhi vitrei lo infastidì. «E intanto copritelo, checcazzo!» ordinò agli agenti.

Rocco si guardò intorno. Le luci a intermittenza blu delle auto della polizia e della Scientifica martellavano i palazzi e le facce dei curiosi affacciati alle finestre. Al di là della grata di alluminio che circondava il mercato, c'era un prato dove tre persone osservavano in silenzio la scena mentre i loro cagnoloni giocavano a rincorrersi e a mangiarsi le zampe posteriori.

Seduto su una pila di cassette di frutta vuote c'era un uomo. Vecchio. Indossava una giacca a vento che una volta doveva essere blu, ora mandava dei riflessi grigio-marroni. L'uomo guardava a terra e beveva da un bicchiere di polistirolo che l'agente biondina del terzo piano gli aveva appena offerto.

Rocco gettò la sigaretta e si avvicinò al vecchio.

«Vicequestore Rocco Schiavone».

Il vecchio scattò in piedi: «Alfredo Bissolati».

«Stia, stia... allora l'ha trovato lei?».

Alfredo fece sì con la testa.

«Lo conosceva?».

«Sì». Gli occhi del vecchio erano neri e sembravano nuotare in una pozza d'acqua. «Ci litigavamo la roba al mercato». Schiavone non aveva capito. «Vede? Veniamo alla chiusura a prendere quello che scartano i venditori e la gente... insomma facciamo la spesa».

Schiavone guardò l'agente biondina che scuoteva la testa mordendosi le labbra.

«Lei e il coso lì... il ragioniere vi litigavate la roba?».

«Sì. E pure Carlo».

«Carlo chi?».

«Carlo Moriani. Ma oggi non l'ho visto».

«Mi racconta di oggi pomeriggio?».

«Mi sono addormentato sulla panchina. Proprio laggiù, dietro l'angolo. Stavo aspettando l'orario di chiusura e... patapumfete... mica lo so perché. Poi m'ha svegliato un petardo. E allora ho capito che era tardi e sono venuto qui. Poi ho trovato il ragioniere...».

«Prima di andare sulla panchina, lei controllava il mercato?».

Alfredo Bissolati guardò in terra, poi il vicequestore. «La verità dotto'? Non me lo ricordo. Mi sa che ero andato a fregare lo zucchero al bar» e per comprovare la sua tesi tirò fuori delle bustine di zucchero dalla tasca della giacca a vento. «Costa troppo lo zucchero. Così lo prendo al bar di nascosto».

Il vicequestore annuì: «Vada a casa signor Bissolati. E mi stia bene».

Il vecchio rise mostrando almeno tre buchi fra incisivi e canini: «Nessuno mi chiama signore da almeno quarant'anni».

«Quanti anni ha?».

«Sono del '24...».

«Anche mio nonno era del '24. Lei era nell'esercito?».

«Sissignore, con la Pasubio fronte del Don inverno del '43».

«Pure nonno Pietro. Ma era con la Julia. Era abruzzese» disse Rocco.

«Gli alpini!» gli occhi di Alfredo si accesero. «Quelli sì che erano soldati. L'unico corpo a non essere stato sconfitto laggiù».

Provò ad immaginarselo il giovane Bissolati, imbacuccato, mentre avanzava nelle nevi dell'Ucraina incolonnato con gli altri disperati alla ricerca di un pasto caldo o di un'isba che lo riparasse dai 43 gradi sotto lo zero. E lo rivedeva lì. Ancora imbacuccato per solo sei gradi sopra lo zero in mezzo al mercato con la bustina di plastica poggiata a terra piena di scarti del mercato ortofrutticolo. Rocco lo salutò con la mano su una visiera immaginaria, Alfredo rispose al saluto sull'attenti.

«Dottore!» la voce dell'agente Parrillo lo richiamò.

«Che vuoi?».

«C'è uno della Scientifica che le deve far vedere una cosa».

Rocco seguì l'agente scelto Parrillo fino al corpo di Iatta sul quale rimbalzavano i flash del fotografo di scena. L'agente era in borghese e portava due copri-scarpe di plastica. Mostrò un sacchetto in polipropilene per il repertamento al vicequestore. Dentro c'era un martello. «L'arma del delitto... presumibilmente. Sopra ci sono tracce di sangue. Stava per terra a due metri dalla vittima». Rocco annuì. «È nuovo... c'è ancora il prezzo».

«Già» rispose l'agente.

«Mi sa che insieme ai chiodi e al centimetro l'aveva appena comprato la vittima stessa. Sopra c'è il nome del ferramenta. Andate a farci due chiacchiere».

L'agente annuì: «Non è dell'assassino?».

«Non l'avremmo trovato qui per terra. Solo mi chiedo... martello, chiodi, centimetro... ma una busta? Dico mica uno compra 'sta roba e se la porta in giro così. Cosa abbiamo imparato?». L'agente guardò Rocco senza capire. «Che l'omicida non è un professionista. E che ha agito per un raptus. Tanto che l'arma del delitto sta qui».

«La porto alla Scientifica per le impronte».

«Fai pure» disse Rocco con un'alzata di spalle e detto questo lasciò il campo al medico e agli agenti della

Scientifica. Quella era una cosa che non riusciva a sopportare. La Scientifica. Con le loro ricerche minuziose, la terra sotto le scarpe, le gocce di sangue, le tracce di pelle sotto le unghie, mesi per avere un dna. Poi nella maggior parte dei casi tutta quella massa di peli nell'uovo formava un bel pellicciotto buono solo per la discarica comunale. Nella sua decennale esperienza se era riuscito a mettere le mani su un assassino era sempre grazie a testimoni oculari, ai parenti delle vittime e dal 1995 ai cellulari. Quelli parlavano più di un informatore anonimo.

Aveva lasciato i suoi agenti e l'ispettore capo a fare il solito giro per il vicinato alla ricerca di qualcuno che avesse visto o sentito qualcosa. Lui invece era andato da solo a piazza Pantero Pantera. Al numero 14. L'indirizzo della vittima. Il ragioniere abitava all'interno 1/b. Traduzione: sottoscala.

Odore di muffa e di spazzatura. Accese la luce. Una sola lampadina da 40 watt aveva il compito di illuminare i trenta metri quadrati del monolocale. La carta da parati scrostata in più punti era gialla con fiorami di colori ormai indistinguibili. Una finestra alta dava sul marciapiede della strada dalla quale non passava neanche una bava di luce. Ma c'era da scommettere che anche in pieno agosto col solleone, le cose non cambiavano molto. La cucina era un tavolo di legno con un fornello a due fuochi sopra. La bombola del gas stava sotto il mobile tarlato. Sul lato opposto della stanza c'era il letto. Perfettamente in ordine, con una sovraccoperta piena di elefantini indiani. Il bagno era piccolo, senza finestre, senza bidet e con il piatto doccia pieno di scatoloni. Rocco ne aprì uno. Polvere. Dentro una marea di carte. Conti, bollette della Sip, fatture di ristoranti, biglietti delle FS. Le date parlavano chiaro. Non c'era nulla posteriore al 1992. Roba vecchia che forse una volta era il lavoro del ragionier Iatta. E che lui aveva stipato in quei cartoni di pomodori pelati, ricordi forse di una vita che fu. Avevano preso il posto delle foto e degli oggetti personali. Rocco pensò a quando avrebbe avuto 80 anni. Ammesso che ci fosse arrivato. Nei suoi scatoloni cosa ci sarebbe rimasto? Le foto di Marina al mare, sicuro. Quelle dei suoi amici di Trastevere. Sebastiano, Stampella, Furio e Brizio. Qualche diploma, l'encomio per un caso risolto, un trafiletto di giornale, le lettere del questore che lo minacciava di trasferimento. E soprattutto l'ultimo sacchetto di maria che non era riuscito a fumarsi, magari per l'enfisema o un cancro devastante. Tutta roba che agli occhi di un estraneo non avrebbe significato nulla. E che invece scandiva la sua vita. Decise che anche quelle fatture scandivano il tempo sincopato della vita del ragionier Iatta.

Si accese una sigaretta e sbuffando si mise al lavoro.

Un'ora e dodici minuti dopo Rocco alzò gli occhi per scoprire di aver sparso le carte per tutto il monolocale. Le aveva divise per anni, aveva ingoiato più polvere di un Hoover ma ne era valsa la pena. S'era fatto un'idea precisa del ragionier Iatta.

Nato a Roma nel 1929. Diplomato al Convitto Nazionale nel 1949. Quindi l'avevano bocciato almeno una volta. Nel 1950 esercito. Buco fino al 1953 dove sposa tale Anna Riccobono. Carte ospedaliere lo danno ricoverato per appendicite nel 1955. Altre anamnesi danno tre parti andati male dal '56 al 1960. Poi contemporaneamente al terzo parto c'è il certificato di morte della Riccobono. Comincia la sua attività di ragioniere nel 1962. Gli affitti di quegli anni lo danno a piazza Re di Roma. Poi a Santa Croce in Gerusalemme. E poi nel 1980 Iatta si compra una casa a via Cavour.

«Però» disse Rocco ad alta voce «le cose non ti andavano male!». Da lì il mistero della vita del ragionier Iatta si faceva sempre più interessante. Una scalata al successo dall'80 all'85. Acquisti di una casa a Fregene, e un altro appartamento a Roma, sempre a via Cavour. Nel 1991, all'età dunque di 62 anni, Iatta si ritira dall'attività. Al 1992 risale l'ultimo documento del ragioniere. Un pranzo di 300 mila lire fatturato alla Ciarla, noto ristorante carissimo di Trastevere. Dopodiché il buio. Silenzio assoluto. Se non le carte della pensione che mensilmente ritirava alle poste: 400 euro era quella del mese di dicembre.

«Com'è possibile» disse ad alta voce il vicequestore. Come aveva fatto dal 1992 al 2008 a ridursi così? In soli 16 anni? Da un appartamento a via Cavour ad un monolocale seminterrato alla Garbatella con 400 euro di pensione al mese. E a litigarsi i resti del mercato con altri vecchi, topi e piccioni? Non era logico. Non c'era un nesso. Se uno nella vita s'è comprato tre case perché passa una vecchiaia così misera? pensò. Riprese in mano la cartella dove c'erano gli attestati di pagamento delle tre parcelle notarili per gli appartamenti. E il notaio era sempre lo stesso: Salvatore Cangemi – Roma.

Fece per uscire dal monolocale e vide un oggetto che se ne stava per i fatti suoi, appoggiato a un vecchio comodino male illuminato dalla lampadina. Una scatolina avvolta nella carta regalo. Accanto, un biglietto. La scartò. Dentro, un paio di orecchini di bigiotteria con una pietruzza azzurra. Il biglietto recitava «for your eyes only». E bravo ragionier Iatta. Ancora ci provava, pensò Rocco. Chissà se la vedova sapeva già di essere vedova. E soprattutto chissà dov'era in questo momento. Anche se Rocco sapeva che tempo 24 ore e sarebbe spuntata fuori.

«'Sto Carlo Moriani, l'altro raccoglitore di frutta, si sa qualcosa?» chiese il vicequestore all'agente biondina del terzo piano che finalmente, in quel pomeriggio di fine anno, possedeva anche un nome. Elena.

«Siamo andati a casa sua. Se ne sta a letto con la febbre».

«Dov'è che abita?».

«Al 16 di via Giustiniano Imperatore» rispose pronta Elena.

«Ce l'accompagno, dottore?» chiese Parrillo.

«Sì, ma guido io. Tu corri troppo. E fretta non c'è».

Non è che Rocco odiasse correre in macchina. Odiava quando erano gli altri a farlo. Coprì i tre incroci fino a via Giustiniano Imperatore a palla di fuoco, con la sirena spiegata facendo venire le vertigini all'ispettore Parrillo, che pure al volante se la cavava. Inchiodò lasciando etti di pneumatico sull'asfalto. «Che piano?» chiese Rocco entrando nel portone.

«Terra» disse Parrillo e scattò anticipando il vicequestore davanti all'interno 3 del palazzo. Suonò il campanello e una donna di un metro e quaranta aprì la porta. Pochi capelli e pochi denti. Gli occhi azzurri e una mantellina di lana sulle spalle. Sorrise ai poliziotti. «Buon anno» disse.

«La vigilia è domani» rispose Rocco e entrò nella casa. Ordinata. Senza un granello di polvere. I pochi mobili e il pavimento di finto marmo splendevano. «Mio fratello è a letto... sta di là» disse la vecchina.

«Grazie».

Rocco aprì la porta. Nel letto c'era un uomo steso con le coperte tirate sotto il mento. «Carlo Moriani?».

«Sì... sono io» rispose e allungò una mano per afferrare gli occhiali sul comodino. Li inforcò. «Lei chi è?».

«Vicequestore Rocco Schiavone. Mi scusi se la vengo a disturbare mentre riposa».

«Si figuri... me sto allena'!».

Rocco non capì. «Si allena per cosa?».

«Per il riposo eterno» e cominciò a ridere della battuta. Il riso si trasformò in una tosse cavernosa che lo squassò tutto. Quando i colpi della cassa toracica finirono, Carlo riprese l'espressione triste. «Ho saputo» disse con una voce catarrosa e flebile «ma dimmi tu... povero ragioniere...».

«Lo conosceva?».

«Quattro chiacchiere ogni tanto. Ci vedevamo al mercato».

«È da ieri che Carlo sta così» intervenne la vecchina che se n'era stata sulla porta. Rocco si girò di scatto. «Perché lei è qui? La prego vada di là... per favore». La donna intimidita dalla reazione brusca del poliziotto si dileguò come fumo da uno spiffero chiudendo la porta della stanza da letto.

«Mia sorella. Mai che se fa i cazzi sua. Pardon commissario» fece Carlo. Rocco scosse la testa. «Quant'è che lo conosceva al ragioniere?». Carlo sembrò pensarci su. Poi disse: «Più o meno da due anni. L'ho visto arriva' un giorno al mercato, dopo la chiusura dico... sa com'è? Io ci vado per cercare un po' di frutta che buttano, ma è ancora bona. Si risparmia dove si può».

Rocco annuì. «Ma mi dica un po' una cosa... Il ragioniere aveva figli? Parenti?».

«Boh. Mi sa di no. Io l'ho sempre visto da solo».

«C'è mai stato a casa sua?».

«A fa' che?».

«Lei Alfredo lo conosce?».

«Chi, quel vecchio rincojonito? Quello sta fuori di brutto. Sta sempre al mercato e s'incazza con me e pure col ragioniere, dice che gli prendiamo la verdura. Ma non è così. Noi prendiamo solo se c'è qualcosa che vale la pena. La maggior parte delle volte torniamo a casa a mani vuote. Quello invece raccatta tutto. Roba vecchia, nera, mele coi vermi. Tutto! Figuriamoci se io gli vado a ruba' quella mondezza. È una specie de barbone, sa? S'inventa un sacco di cazzate... che ha fatto la guerra in Russia, che ha avuto due mogli... poi gli chiedi: e come si chiamavano? E lui non ti sa rispondere. È fracico, secondo me. Ho saputo che se magna la carne dei cani. Ha presente i barattoli de kit e kat? Quelli!».

Anche all'ultimo gradino sociale c'era una scala gerarchica da rispettare. Carlo e il ragioniere un poco più in alto di Alfredo Bissolati ci stavano. E potevano guardarlo dall'alto in basso.

«Martello» gracchiò la voce del medico legale al cellulare di Rocco mentre Parrillo lo stava portando a via Capo d'Africa. «Un colpo solo. Secco. Ma lo sa perché c'era poco sangue?».

«Me lo dica Cicolella» rispose Rocco mentre la macchina superava il Circo Massimo.

«Perché la martellata al povero ragioniere gliel'hanno data quando era già a terra. Presumibilmente svenuto».

«Presumibilmente?».

«Sì. Vede? C'è una larga ecchimosi sullo zigomo destro. Io la vedo così: qualcuno l'ha colpito con un pugno o roba simile. Quello è stramazzato per terra. E poi l'assassino gli ha dato la martellata. Punto».

«L'ha colpito sullo zigomo destro e gli ha fracassato la parte destra del cranio. Buone probabilità che era mancino».

«Sicuro, Schiavone. Io direi al 98 per cento».

«Grazie. È stato utile».

«Dovere» e riattaccò.

«Ecco, siamo arrivati». Si fermarono davanti al portone di via Capo d'Africa. Quattro belle placche d'ottone dicevano che nel palazzo c'erano due avvocati, uno studio medico e un notaio – «Notaio Cangemi».

«Aspettami qua, Parrillo». Scese dall'auto e si incamminò verso il palazzo.

La segretaria lo aveva fatto accomodare su una poltrona di pelle senza braccioli. Era lì già da una ventina di minuti. I primi dieci minuti li aveva passati a guardare per bene la ragazza. 30 anni, capelli neri ricci e gonfi come quelli di una cantante soul degli anni Settanta, occhiali da vista che nascondevano gli occhi piccoli ma puntuti. Due volte era uscita dal bancone della reception per prendere qualche documento nella libreria a vetri e tutt'e due le volte Rocco l'aveva osservata con quell'attenzione clinica che riservava solo ai cadaveri e alle donne. Un metro e 58, la gonna al ginocchio abbastanza aderente denunciava dei fianchi minuscoli, quasi da uomo. Come piccole erano le ginocchia e le caviglie. Il seno piatto. A tavola. Il corpo minuto stonava con quella cofana di capelli ricci esplosi sotto qualche casco di parrucchiere. Un riccio. Ecco a chi somigliava la segretaria. Un riccio alla ricerca di cibo sotto le foglie di quercia. Era una fissazione di Rocco quella di schedare le persone grazie alla somiglianza con qualche animale. Fissazione che risaliva alla sua infanzia, quando il padre gli aveva regalato una bellissima enciclopedia degli animali. Passava le ore a guardarla. A studiare corpi musi e colori degli animali di tutto il mondo. Da allora non poteva farne a meno. Se qualcuno gli ricordava una di quelle tavole dell'enciclopedia, andava in automatico.

Cominciava ad averne le scatole piene di star lì ad aspettare. Dopo lo studio della segretaria, quello delle litografie appese al muro e aver distrattamente sfogliato «Vanity Fair», si ricordò di non essere un cliente del notaio ma un vicequestore. E allora si alzò e puntò dritto verso la donna. «Allora? Il notaio?».

«Gliel'ho detto, sta parlando con un cliente al telefono e fra dieci minuti è qui».

«Lo ha detto venti minuti fa».

«Senta» disse il riccio puntando gli occhietti famelici su Rocco «deve aspettare».

Rocco dovette ricorrere a una cosa che odiava, ma che sicuramente accelerava i tempi: il poliziotto bastardo. «Senta carina» disse con il tono di voce più pacato che possedeva mentre tirava fuori il portafogli «io sono il vicequestore Schiavone, non vengo qui a fare un passaggio di proprietà ma sto indagando su un delitto. Che dice? Lo riesce a muovere quel culo e chiamarmi il notaio o mi devo incazzare?».

Il riccio spennazzò e corse verso la porta del notaio.

Neanche due secondi dopo e un uomo di una sessantina d'anni apparve sulla porta. «Vicequestore mi scusi... non pensavo... cosa posso fare per lei?». La segretaria intanto passò alle spalle del suo datore di lavoro e a Rocco sembrò che avesse letteralmente la coda fra le gambe. Poi sorrise al notaio: «Notaio Cangemi, mi scusi se vengo a disturbarla durante il suo lavoro a quest'ora, ma la cosa è importante».

«Si accomodi» poi guardò sprezzante la segretaria. «Myriam, non ci sono per nessuno».

L'ufficio era tutto di legno antico. E le sedie della scrivania di pelle rossa. Il notaio aveva incrociato le mani davanti al petto e guardava Rocco. «Allora... sono tutto per lei».

«Ragioniere Mario Iatta» disse. Sul viso del notaio non passò nulla. Il nome del povero ragioniere non gli diceva niente. Continuava a guardarlo. «Lo conosce?».

«Mario Iatta... Mario Iatta... oddio così su due piedi...».

«Comprò nell'80 e nell'85 tre case in tutto. E tutte e tre le volte lo fece qui nel suo studio».

Il notaio annuì. «Nell'80 avevo 30 anni. Era ancora vivo papà».

«Lei è Salvatore Cangemi?».

«No, Alberto. Salvatore era papà, appunto. Se n'è andato nel '96. Ma se ha fatto qui gli atti, qui sono dottore» allungò la mano ossuta sul telefono multitasti della scrivania e ne premette uno. «Myriam! Vai in archivio. Mi servono tre rogiti di Mario Iatta fatti nell'80 e nell'85».

«Sono sul pc dottore» gracchiò Myriam.

«Grazie!». Il notaio cominciò a picchiare sulla tastiera. «Prodigi della tecnica. Mi è costato più di mille euro mettere tutti i documenti qui dentro ed eliminare la carta, e me lo scordo sempre. Ecco, adesso richiamo gli anni».

Attesero. Il notaio guardò il computer. «Venga a dare un'occhiata lei, vicequestore» disse. Rocco si alzò dalla sedia e raggiunse la postazione del notaio. Si chinò sul monitor. «Vede?» continuò l'ufficiale di Stato. «Mario Iatta. Ha comprato due case a via Cavour nell'80 e nell'85 e un villino a Fregene a viale Viareggio».

«Vedo».

«La cosa strana è che il venditore è sempre lo stesso: Fabrizio Narducci».

Il vicequestore si tirò su. «E abbiamo un indirizzo di questo Fabrizio Narducci?».

«Qui, almeno nel 1985, risulta residente a Roma in via Accademia degli Agiati».

«Fammi una ricerca, De Silvestri» gridava al cellulare il vicequestore, ché De Silvestri era mezzo sordo e a un passo dalla pensione. In realtà erano anni che era a un passo dalla pensione, ma qualcuno ce la metteva tutta per allontanargli quel traguardo. «Mi devi vedere se in archivio abbiamo qualcosa su Fabrizio Narducci. Nato a Roma il 7 ottobre del 1950».

«Quando le serve?».

«Per quest'anno» rispose Rocco.

De Silvestri rise. «Quindi al massimo 24 ore!».

Ma tanto ce ne avrebbe messe di meno. Di questo Rocco Schiavone era sicuro. De Silvestri, quando voleva, era un mastino. «Sono le sette e mezza. Portami a casa, Parrillo». L'agente annuì e accelerò.

«Guarda quant'è bello quest'appartamento. Non lo senti già casa nostra, Rocco?».

Come faccio a dirglielo? Marina ci tiene, pensa solo a questa casa. «Sì, è bello» le dico «800 milioni però...».

«Qui voglio aprire una bella porta a doppia anta. Proprio qui!».

«Perché?».

«Perché quando la apri vedi subito il salone e il terrazzo. Se c'è la tramontana vedi direttamente piazza Venezia e i castelli».

«... speriamo di trovare i soldi...».

«Vieni qua e abbracciami».

I soldi si trovano. Pure lei lo sa. Ma non mi chiede mai come faccio. Un giorno glielo devo dire a Marina. Un giorno la guarderò negli occhi e le dirò: «Amore lo sai come fa tuo marito con tre milioni al mese di poliziotto a comprare una casa così?» ma è meglio di no. Ci tiene tanto lei. E sua madre è convinta così. Perché illuderle? Io per il sorriso di Marina sono pronto. Sono pronto a questo e altro.

Mi abbraccia da dietro Marina. E vedo il suo viso riflesso sul vetro del salone. Quanto sei bella amore mio. Con questi capelli lunghi lisci e neri che sembri una Madonna. Dietro il vetro la notte di Roma e le luci di un aereo. O forse una stella? No, è un aereo, lampeggia. Come gli occhi di Marina.

Invece sul vetro della finestra del salone ora c'era solo il suo viso affogato nel cielo notturno. E dietro il suo viso la doppia porta che Marina aveva voluto aprire tanti anni prima. C'erano i divani, il camino, la libreria. E la cucina. Dove ormai Rocco Schiavone ci faceva solo il caffè e si riempiva i bicchieri di vino.

Citofono.

«Chi è che sfonda?».

Alzò la cornetta. «Rocco? Sono Furio!».

Furio no. Che palle. «Stavo andando a fare la doccia!».

«La doccia alle otto e mezza? Apri e nun di' cazzate».

Aprì.

Furio si era stravaccato sul divano e teneva il bicchiere in mano. Era vuoto, ma Rocco non glielo riempì. «Allora ci vieni domani?».

«Dove?».

«Alla festa. Da Sebastiano. Ci siamo tutti daje!».

«No, che palle».

«C'è Stampella Seba Brizio e poi Cinzia, Adele... dai ci pigliamo una bella ciucca».

C'erano proprio tutti con le solite donne-fidanzate-mogli che se a 20 anni erano attraenti e facevano le misteriose tenendo nascosto il loro grado di intimità cogli uomini del gruppo, e ti facevano sempre odorare la possibilità di una notte di sesso dal momento che, forse, erano libere, a 40 anni diventavano stucchevoli e anche un po' pallose. Che mistero e segretezza vuoi più scoprire? Adele per esempio, che ancora non s'era decisa se era la moglie o l'amante di Furio? Oppure Chiara che stava con Stampella ma anche un po' con Brizio?

«Proprio no» rispose. «Io vado a letto alle 11. E buonanotte a te al Capodanno e all'anno nuovo».

Furio scuoteva la pelata. «Non mi dire che devi lavorare ché tanto chi ci crede? Dai, poi andiamo a piazza San Cosimato a fare casino».

«None. E allora non ci senti?».

Visto che Rocco non lo faceva, Furio si versò un bicchiere di rum. «Perché fai così? Questo può esse l'ultimo Capodanno che passi a Roma».

«Vero... ma sai che ti dico? Chissenefrega».

Furio come tutti gli amici di Trastevere sapeva che sulla testa di Rocco Schiavone penzolava una spada di Damocle che nella migliore delle ipotesi poteva finire con un trasferimento in qualche luogo ameno d'Italia, tipo Vacile del Friuli o Cepagatti. Ma poteva anche andare peggio, sempre se i capoccioni avessero scelto di usare la mano pesante. Rebibbia, a dividere la cella con qualcuno che magari lui stesso aveva mandato lì a svernare.

«Sono salito anche per un'altra cosa, Rocco. Un affaretto niente male».

Eccolo il vero motivo, si disse il vicequestore. «E dimmi un po'?».

«Questo periodo sto scarrozzando un assessore all'urbanistica... un povero coglione... parla al cellulare davanti a me. S'è messo in affari con un palazzinaro di quelli nuovi. Tale De Sisti. Conosci?».

«Aivoglia, lo teniamo d'occhio. Ha scalato la piramide in due anni. Suo padre è un idraulico. Quello puzza e i suoi soldi ancora di più».

«Ma senti l'assessore. Mentre guidavo s'è messo d'accordo che si sarebbero visti il primo gennaio al Palaeur. Alle sette del mattino. Secondo te perché?».

«Bustarella. E allora?».

«E allora andiamoci. Lo arresti, lo fai cacare sotto e gli chiediamo quello che vogliamo. Tanto rubi a casa dei ladri, o no?». Furio finì con un solo sorso il rum. «Mi pare una bella idea. Ci stai?».

«No. Io il primo vado a Ostia. A camminare sulla spiaggia. Non ci sto».

«Ma che ti costa?».

«Mi costa organizzare. Mettere in mezzo i due miei agenti De Luca e Marzilli che al momento stanno alla Polstrada, oggi è 30 e una cosa così ha bisogno di una pianificazione di almeno una settimana. No, non mi va. Dovevi venire da me sei giorni fa. E allora lo inchiodavamo all'assessore. Così ti do un consiglio. Va là, volto coperto, gli dai una crocca e ti porti via la bustarella. Pulito, nessuna denuncia e hai fatto un bel Capodanno».

Furio ci pensò sopra. «Da solo non mi va».

«Portati Stampella». Che si chiamava così non perché zoppicasse, ma aveva un destro che sembrava ti avessero appena bastonato con una stampella di legno, appunto.

«E poi devo fare a metà con lui. Quanto può essere?».

«Una bustarella a un assessore? Non vai oltre i 20 mila. Accontentati».

Furio ci si mise a pensare su. Rocco si accese una Camel.

«Ho un cadavere sul groppone. Un vecchio ammazzato a un mercato. Mario Iatta si chiamava...» in poco tempo raccontò all'amico che lo ascoltava attento e preso. Poi all'improvviso Furio saltò sul divano. «Fabrizio Narducci?».

«Sì, è quello che gli ha venduto gli appartamenti. Ma perché lo conosci?».

«Ma te sei rincojonito Ro'? Fabrizio Narducci... era il cugino di Luzzi. Luzzi te lo ricordi o no?».

Amilcare Luzzi, classe '46, l'anello di congiunzione fra le batterie di Vitinia e la malavita dell'agro pontino, come a dire camorra di serie B.

«Porca... lui?».

«E certo che è lui. Luzzi lo usava per i suoi affarucci a Roma. Ti ricordi che aveva pure una moglie, Fernanda mi pare si chiamasse? Che aveva aperto un'agenzia immobiliare?».

«Come no? Fernanda Luzzi, bella figa».

«Eh... è lui. Ma perché?».

«Perché comincio a sentire una puzza fetente, Furio. 'Sto ragioniere aveva comprato tre appartamenti da Narducci. E poi in pochi anni s'è ridotto sul lastrico, 400 euro di pensione e andava a ruba' la frutta al mercato».

Furio si accese una Marlboro. «Brutta storia... che pensi?».

«Che penso? Non lo so. Ma non quadra niente. Io con questo Narducci ci devo parlare».

«Difficile, Rocco. Sta a Prima Porta. Al massimo gli puoi portare dei fiori. Se n'è andato due anni fa».

Furio era meglio di un archivio statale. Si pentì di aver messo De Silvestri alla ricerca di Narducci e company. Ma tutto poteva andare a pensare Rocco Schiavone tranne che era appena entrato in contatto con la mala organizzata degli anni Ottanta e Novanta di Roma. Non erano all'altezza della Magliana, ma erano pur sempre dei brutti figli di puttana.

«E Luzzi?».

«Poggioreale. Se lo sono bevuto a una retata, saranno quindici anni. E se pensi a Fernanda, a parte che mo' dovrebbe avere passato la sessantina, ma credo che si sia ritirata in qualche buco periferico. Così sapevo».

«Ma io mica ce devo prova'. Ci devo solo parlare. Aspetta, che ore sono?».

«Otto e tre quarti».

Rocco prese il cellulare. «De Silvestri?» urlò. «Abbandona la ricerca su Narducci. Mi serve tutto su Fernanda Luzzi».

«Sempre per Capodanno?».

«No, dieci minuti» e attaccò. Tornò a sedersi sul divano. «E mo' facciamoci un altro rum e aspettiamo».

Aspettarono solo venti minuti. De Silvestri richiamò. «Fernanda Luzzi. Ha un bar alla Bufalotta. Ed è pure la sua residenza. Segno che il bar ce l'ha sotto casa. Le mando l'indirizzo con un sms».

«Grazie, De Silvestri».

«Narducci invece è morto due anni fa».

«Lo sapevo. Grazie. Vai pure a casa».

Rocco guardò Furio. «Sta alla Bufalotta. Mo' mi manda l'indirizzo. Ci facciamo un salto domani?» chiese Rocco.

«Ci...?».

«Mi servi. Mentre io parlo con la Luzzi tu dai un'occhiata in giro».

«Ricevuto. In cambio però vieni alla festa».

Rocco storse la bocca. «Andata».

Il bar era l'unico negozio di una palazzina di periferia di due piani. Forza Lazio si chiamava. Fernanda Luzzi uscì sulla porta a vetri. S'era ridotta una vacca da latte e sulla faccia aveva agito qualche chirurgo con il diploma di terza media. Sembrava un testone del carnevale di Viareggio. «Porca...» disse fra i denti Furio. «Già» gli rispose Rocco. Poi allungò la mano. «Fernanda Luzzi?». «Sì» rispose il donnone con una voce cavernosa da 40 sigarette al giorno. «Mi chiamo Rocco Schiavone. E lui è il mio amico Furio Giannetti». La donna li squadrò: «Te no» disse a Furio «ma te puzzi di commissariato. Chi sei e che vuoi?». «Ci possiamo sedere?». La donna fece sì con la testa e entrò nel bar. Furio rimase attaccato all'auto, Rocco invece la seguì. «L'amico tuo non viene?».

«È il mio autista».

«Ammazza, se guadagna bene a fare il poliziotto».

«Non ci lamentiamo».

Dietro lo specchio del bancone del Bar Forza Lazio c'erano le foto dei campioni di sempre della squadra capitolina. Ovviamente campeggiava sulla Faema quella di Giorgio Chinaglia con tanto di autografo. Ma se il retro del bancone era costellato di calciatori, il resto del bar sembrava un mausoleo dedicato a Roger Moore, l'attore di 007. C'erano le riproduzioni dei manifesti dei suoi film *La spia che mi amava*, *L'uomo dalla pistola d'oro*, *Moonraker*. Rocco sorrise, poi gettò un occhio al barista, un povero magrebino magro e striminzito, che subito nella fantasia di Rocco prese il ruolo dell'amante del donnone. Già se lo immaginava, magro e affamato costretto a delle maratone di sesso con la balena che lo scrocchiava come paglia vecchia mentre pensava a sua moglie ad Agadir, ai tramonti africani e al tè bollente con la menta.

Con un rumore sordo Fernanda crollò su una sedia. A Rocco parve anche di sentir scricchiolare almeno due delle zampe di ferro. «Allora che vuoi?».

Rocco si sedette davanti a Fernanda. La guardò negli occhi. Erano grandi e azzurri. Sotto un etto e mezzo di ombretto. «Lei una volta era una delle donne più belle di Roma».

«Lo so» fece dura Fernanda «poi gli anni...».

«Be', per me è ancora splendida».

«Che paraculo che sei».

«Vero?».

«Rocco sei un bel ragazzetto, e forse una decina d'anni fa t'avrei pure fatto diverti', ma lo vedi? So' una povera vecchia e grassa senza più speranze nel futuro. Dimmi che c'è e poi vai pure a casa che oggi è 31 e devo prepara' il rinfresco».

«Mario Iatta. Mai sentito?».

Fernanda sorrise. «E se pure l'avessi sentito? Chi è?».

«L'ha sentito o no?».

«No».

«Comprò tre case da Narducci. Narducci se lo ricorda?».

«Fabrizio? E come no. Poveraccio... due anni fa...» e fece la croce in aria con le dita, come un papa in benedizione.

«Però adesso io vorrei sapere se Iatta c'entrava qualcosa con suo marito. Oppure no».

«Che ti devo dire anima mia? Mio marito conosceva tanta di quella gente... Mario Iatta. E che faceva di preciso 'sto signore?».

«Perché usa l'imperfetto?» chiese Rocco sorridendo.

«Che vuoi dire?».

«Lei ha detto: che faceva 'sto signore? Qualcosa le dice che è morto?».

Fernanda sorrise appena. I canotti delle labbra mostrarono due incisivi sporchi di rossetto. «Se un poliziotto viene a chiedere di qualcuno l'80 per cento delle volte è perché quel qualcuno se n'è andato agli alberi pizzuti. Tu m'hai detto: conosceva Mario Iatta? Come a dire...».

Rocco la fermò. «Io non ho detto conosceva Mario Iatta. Io ho semplicemente detto: Mario Iatta. Mai sentito?».

La donna divenne seria. «Mi vuoi arrestare allora?».

«Capace, ma anche no. Allora, mi dica se suo marito aveva a che fare con lui o no».

«Mio marito sta a Poggioreale e non lo vedo da quindici anni. Siamo divorziati».

A Rocco cominciarono a girare. «Lo conosceva o no?».

«Ma che ne so? Perché non glielo chiedi a lui?».

«Perché lo voglio chiedere a te» passò brutalmente al tu «e cominci a rompermi i coglioni co' 'ste storielle. Giù 'sto mascherone di carnevale che hai al posto della faccia e parla chiaro. Mario Iatta aveva a che fare con tuo marito. Voglio sapere perché e quando. Se me lo dici adesso bene, sennò te ne vieni con me e ti fai Capodanno in una bella stanzetta due per due. Allora?».

«Te sei incazzato?».

«Sì. E t'assicuro Ferna' non sono piacevole quando succede».

«Vuoi un caffè?».

«No. Voglio che mi dici di Mario Iatta».

«Prima dimmi com'è morto».

«Una martellata sulla tempia».

La donna annuì. Poi mosse la testa facendo dondolare i capelli pieni di lacca. «Mario… era il ragioniere».

«E?».

«Teneva i conti di mio marito. Conti diciamo non alla luce del sole, capito?».

«Sì. E poi?».

«Lo pagavamo bene. Doveva ogni tanto fare degli acquisti per noi e prestare il suo ufficio e il suo nome. In cambio stipendio assicurato».

«Riciclava?».

«Forse. Quelli erano affari di mio marito. Io gli ho venduto tre case. Ma t'assicuro che non c'è mai entrato».

«Che senso ha?» disse Rocco ad alta voce. «Perché ammazzarlo ora?».

«Ma chi? Mario? E che ne so? Mio marito sta dentro dal '93... e le carte di Mario il ragioniere da mo' che la finanza ci ha messo le mani sopra. È una storia vecchia, commissario».

«Vicequestore».

«Ah già, mo' se dice così. Te va un caffè adesso?».

«E facciamoci 'sto caffè».

«Ahmed è un genio! Lo fa meglio dei napoletani» disse Fernanda mentre entrava nella sala col bancone. Ahmed sorrise. Ora che si avvicinava, Rocco si accorse che Ahmed non era un giovanotto. Anzi. Aveva i capelli screziati di bianco. E non era neanche marocchino. «Egitto. Sono nato lì» disse mentre preparava i due caffè.

«Bel paese. Lei è del Cairo, Ahmed?».

«No. Sono di Alessandria. Ma a casa non ci vado da 15 anni».

Niente moglie ad aspettarlo, niente tramonto africano, niente tè con la menta. Il caffè era veramente buono, e neanche le foto della AS Lazio riuscirono a farglielo andare di traverso. Posò la tazzina. Gettò uno sguardo circolare al bar. «Ma è vera 'sta cosa che Roger Moore pizzichi un po' qui e un po' lì?».

Fernanda rise: «Roger ha fatto tre figli con l'attrice Luisa Mattioli. Ecco la verità!».

Rocco Schiavone uscì in strada e due petardi scoppiarono lì vicino. Neanche si girò, proseguì verso la macchina. Furio era già dentro che lo aspettava.

«Hai fatto un giro? Qualcosa d'interessante?».

«Abbastanza. Primo, la signora non vive sola. In un bagno c'è il rasoio, tre spazzolini, e il Prep».

«Ottimo. Cos'altro hai scoperto?».

«Che il suo convivente lì ci tiene solo due paia di pantaloni e tre magliette e un tappetino da preghiera».

«Aspettami qui» Rocco scese dalla macchina.

Fernanda parlottava con Ahmed. Appena il vicequestore mise piede nel Bar Forza Lazio, i due si girarono sgranando gli occhi.

«Fernanda? Da quanto tempo ti vedevi con Iatta?».

La donna diventò rossa. Poi viola. «Ma che dici?».

«Lei, Ahmed, lo sapeva?».

L'egiziano abbassò lo sguardo.

«Solo per i tuoi occhi Fernanda...» e indicò un manifesto dove Roger puntava la canna della pistola fra le gambe di Carole Bouquet. Fernanda guardò il manifesto. Poi guardò il vicequestore. «Mario era un rompicoglioni. Siamo stati a letto una volta sola, nel '92, poco prima che mio marito... insomma se lo bevessero. E da allora m'ha dato il tormento».

Rocco senza perdere tempo lanciò il suo portafogli ad Ahmed. Che lo acchiappò al volo.

Con la sinistra.

«Mi sa che mi dovete seguire in Questura».

«E perché? Noi che c'entriamo?».

Ma Rocco aveva già preso il cellulare in mano. «Ce lo spiegate tranquilli. Abbiamo tutto il giorno».

«Oggi è Capodanno» disse Ahmed.

«E sticazzi. Ridammi il portafogli, va...».

Al commissariato Colombo c'erano quattro uomini che aspettavano il vicequestore Schiavone. Erano nell'ordine Claudio Armenia, Giggi Cappella, Daniele Turrini e Faruk Mohamed Assah.

«Chi sono?» chiese a Elena, l'agente biondina del terzo piano.

«I proprietari dei chioschi del mercato. Gli unici che ieri erano aperti. Ah, guardi che l'ha chiamata il magistrato. Io non gli ho detto che lei ha già fermato i colpevoli».

«Hai fatto bene. Anche perché non lo so se sono i colpevoli. Qualcosa ancora non quadra Elena».

«Il movente?».

«No, quello c'è. Gelosia. Solo che... perché ammazzarlo in un mercato? E non a casa sua?».

«Vero» rispose Elena.

«Fa una cosa. Intanto manda un paio di ispettori da Fernanda e Ahmed... generalità e cazzate simili».

«Ricevuto. E se chiedono un avvocato?».

«Temporeggia, Elena. Ma che te devo di' tutto?».

Elena annuì arrossendo.

«Che ci devo fare con questi quattro?».

«Non lo so dottore. Interrogarli?».

Che begli occhi che aveva Elena. Neri e profondi. E i capelli biondi anche se tinti le incorniciavano alla perfezione l'ovale del viso. Il vicequestore buttò un'occhiata ai quattro ortolani. «Mandami solo quello scuro di carnagione. Gli altri lasciali andare a lavorare».

Faruk parlava un romano insentibile. Peggio di Celentano che recitava in Rugantino.

«Vede viceguesto'? Io sso di Egitto. E quando che ho saputo del poverrello morto mi sono tanto dispiaciutto. Comm'è statto?».

«A che ora avete chiuso ieri?».

«Quatro e meza».

«E non l'ha visto il ragioniere?».

«No... non g'era angora. Mmo che penzo, solo l'antro vecchietto stava lì... Alfredo... aspetava no? Che noi faciamo la chiusura per poi ana' a vede' si ce stano un po' de cose pe lui».

«Ma perché non viene da voi a chiedere qualcosa invece di aspettare la chiusura?».

«Poveracio. Segundo me pecché se vergonia. Ognuno ci ha una dignità, no?».

«Che ha un fratello che fa il barista alla Bufalotta?».

Faruk sorrise. «Io de frateli ne ho dieci... tutti a Egitto. Beati loro».

«Vada Faruk, vada. Mi stia bene e buon anno».

«Per noi Capodanno è stato il diciotto di dicembre... Muharram... è il nostro Capodanno... però buon anno dotto'!».

Uscì dal suo ufficio. Gironzolò senza meta. Alla macchinetta prese un caffè che sapeva di ferro. Poi tirò un respiro. «Mi sto rincoglionendo, perché non pensi

Schiavone? Pensa! La busta del ferramenta! Cretino!» e puntò dritto verso la stanza numero 7. Entrò senza bussare. Fernanda e Ahmed lo guardarono. Gli occhi della donna erano sperduti, spaventati. Quelli di Ahmed pieni di acqua. Elena si voltò.

«Elena, vieni con me».

«Ma sto finendo...».

Rocco scosse il capo. «Lascia andare i signori. E scusatemi, a volte l'apparenza ci frega».

Fernanda si alzò. Recuperò la sua dignità. Prese la borsa e fece un gesto verso Ahmed. «Andiamo» gli ordinò, poi passò davanti a Rocco che le disse: «Le mie scuse più sincere. Ora vi faccio accompagnare con la macchina».

Fernanda si voltò. «La sai la cosa che fa ridere?» disse. «Vent'anni con Luzzi e al commissariato al massimo ci andavo per il passaporto. È la prima volta che ci finisco per una cosa che non ho fatto. Dovevo prova' pure questa».

«Ti ho detto che mi dispiace».

«Invece stai tranquillo. Ho solo capito che gran culo che ho avuto nella vita. Statevi bene e buon anno».

Ahmed sfilò davanti al poliziotto e seguì la donna nel corridoio.

«L'egiziano era mancino» si giustificò Rocco con Elena, che annuì convinta. «Elena, vieni con me!» girò i tacchi e la donna dietro di lui.

Il vicequestore aveva ordinato a Elena di non superare i 90 chilometri orari. E niente sirena.

«La sa una cosa? Mi è piaciuto quando ha chiesto scusa. Insomma, mica è facile farlo, no? Uno si sbaglia...».

Rocco fumava e guardava fuori dal finestrino.

«Capita» continuò l'agente Elena Dobbrilla.

«Capita troppo spesso cara Elena. Almeno a me. Mario Iatta. La sua vita è precipitata quando hanno arrestato Luzzi. E da lì è diventato povero in canna. E innamorato della bella Fernanda... ma a parte questo e fare il ragioniere per un gruppo di figli di buonadonna, altre colpe non ne aveva».

«E allora? Perché l'hanno ammazzato?».

«Non sono stati loro, Elena. Giri che siamo arrivati».

La macchina svoltò lasciando la grande arteria per entrare in via Garibaldi.

C'era il sole e il mercato era ancora aperto. Rocco Schiavone s'era seduto sulla panchina dietro l'angolo, da dove si scorgeva appena la tenda a strisce con su scritto «Faruk frutta fresca». Guardò in basso. Sotto la panchina c'era una bustina di plastica. La prese. C'era scritto «Ferramenta Fabio Vicini e figli, viale Garibaldi». Diede un'occhiata al contenuto. Sorrise appena.

Poi vide arrivare a passo lento un fagotto che man mano che si avvicinava assumeva sempre più le fattezze di Alfredo Bissolati. L'uomo arrivò alla panchina e si sedette. Guardò il vicequestore.

«Salve» disse Rocco.

«Salve» rispose il vecchio.

«Bella giornata oggi, eh?».

«Insomma, freddino. Ieri era meglio».

«Non si ricorda di me?».

Alfredo guardò il vicequestore. Gli occhi vacui e la bocca semiaperta. «No... siamo amici?».

Rocco annuì. «Così così. Fra poco il mercato chiude» fece il vicequestore.

«Lo so, sto qui apposta. Solo che devo essere veloce».

«Perché?».

«Vede? Io prendo la frutta che la gente e i negozianti buttano. E mi devo sbrigare».

«Com'è che si deve sbrigare?».

«Perché mica ci sono solo io. No no. L'hanno scoperto anche Carlo e il ragioniere Iatta. E se arrivano prima di me mi prendono le cose migliori».

Rocco indicò la bustina di plastica che teneva in grembo.

«Cos'è?».

«Sono già passato io. Guardi cos'ho trovato?» e il vicequestore tirò fuori due cavoli perfetti, una mela, una banana e un tarocco siciliano. Alfredo ammirò il bottino e fischiò. «Due cavoli una banana e un'arancia! M'ha fregato!».

«E guardi pure che c'era dentro?»: uno scotch, una lampadina e uno scontrino della ferramenta. Datato 30 dicembre 2008. Ore 16.00.

«Ha trovato questa roba al mercato?».

«No. Questa bustina l'ho trovata qui, sotto la panchina. Solo che mancano i chiodi, il metro da carpentiere e un martello».

Il vecchio lo guardava stupito.

«Perché mancano?».

Per tutta risposta Rocco allungò la busta verso Alfredo: «È sua, mi sa...».

«.... mia?» il vecchio non capiva.

«Me l'ha portata il ragioniere. È roba che Iatta ha trovato ieri sera al mercato e mi ha detto che era per lei».

«Quel fijodenamignotta me fa un regalo? A me? Impossibile. Se l'altro ieri ci siamo appiccicati... non ci credo. Lei me sta a frega'!».

«Soldato Alfredo Bissolati, fronte del Don...».

Il vecchio sorrise. «Inverno 1943... me ricordo benissimo...».

«Ma non si ricorda di me».

Il vecchio fece no con la testa. «Tenga» gli passò la bustina. Che Alfredo prese con la sinistra. Schiavone si intristì. «Lei è mancino Alfredo...».

«Da sempre. Pensi che a scuola ci hanno provato a farmi scrivere con la destra. Mi legavano il braccio al banco, ma io niente! Dio m'ha fatto mancino, e io mancino resto!».

«Lei non sa quanto io avrei sperato non lo fosse».

«Non ho capito».

«Era meglio se non lo era. Ci viene con me?».

«Dove andiamo?».

«Le offro un pranzo e un bel caffè!».

«Magari! E andiamo. Aspetti! E la busta?».

«La porti. È un regalo».

Sorridente, il vecchio si alzò. «Allora non c'è bisogno che vado al mercato. Due cavoli e una banana. Non mangio una banana da… boh, non lo so neanche io più da quanto tempo. Lo sa? Ma perché m'ha fatto 'sto regalo?».

«Non gliel'ho fatto io. Gliel'ha fatto il ragioniere».

«Figuriamoci. Quel fijodenamignotta».

Si incamminarono lenti verso l'auto della polizia. Elena aprì lo sportello. Alfredo si accomodò nel sedile di dietro.

«Metto la sirena dottore?».

«No. E vai piano. Non superare i 90».

La macchina partì e lasciò via Garibaldi.

BUM! STRAFAKAN! BUM! SDRANGHETETARATARATÀ!

Mezzanotte era appena passata e tutti sul terrazzo di Sebastiano bevevano, cantavano, si facevano gli auguri e roteavano le stellette. Il cielo di Roma scoppiettava e Rocco Schiavone se ne stava lì, con un sorriso ebete in faccia a guardare gli occhi di Elena che aveva accettato l'invito. Lo stereo mandava *I will survive* di Gloria Gaynor. Stampella Sebastiano Furio Adele stavano ballando un discutibile sirtaki.

«Buon anno Rocco».

«Buon anno Elena. Sono contento che sei venuta!».

All'improvviso nel cielo una cascata di magnesio e manganese impallidì l'aria. E Rocco pensò ad Alfredo. Che aveva dimenticato tutto della sua vita. Anche un gesto efferato e inutile contro un nemico inesistente. 84 anni e omicidio intenzionale. Alfredo probabilmente non si sarebbe fatto neanche un giorno di galera. Se non prendeva l'infermità mentale sarebbe stato nuovamente condannato alla lotta per una zucchina e a mangiare la pappa dei cani. Se non altro le mense statali, per quanto schifose, questo problema gliel'avrebbero risolto.

«Buon anno Rocco» urlarono Sebastiano e Furio.

«A chi c'è e a chi non c'è più!» gridò Rocco Schiavone alzando il bicchiere con il Pommery.

Esmahan Aykol

Rubacuori a Capodanno

«... freddo e neve provenienti dai Balcani interesseranno le regioni occidentali del nostro paese a partire dalle ore serali» disse, con una vaga smorfia, il simpatico annunciatore del meteo della CNN turca.

«Oddio!» esclamò Pelin.

«Ecco, ci siamo, adesso anche la neve. Quando mai è arrivato qualcosa di buono dai Balcani...» osservò Fofo.

«Siamo rovinati!» urlai aggiungendomi al coro di lamentele, inchiodata in mezzo al soggiorno. Non fraintendetemi: sono ancora tedesca e mi rallegro quando nevica la notte di Capodanno. Così, per principio. Il problema è che a Istanbul la neve diventa una vera tragedia. Non so perché, ma, nonostante nevichi almeno una volta a inverno, i turchi sono capaci di comportarsi come se fosse sempre la prima volta: alcuni fanno scorta di cibo col timore di dover rimanere chiusi in casa per via delle strade bloccate, altri si precipitano in macchina scordando le catene... Si chiudono le scuole e perfino gli uffici pubblici. Insomma, la vita si paralizza.

E se nevica la notte di Capodanno...

«Ahi! Non voglio neanche pensare a quello che può succedere» disse Fofo.

Pelin scrollò le spalle, indifferente. «Che ci importa, caro? Siamo invitati a una festa in casa. Se al ritorno non troviamo un taxi, ci accucciamo in un angolo e dormiamo lì». Mi guardò con la coda dell'occhio. «Possiamo estendere l'invito ai nostri amici. Visto che ognuno porta da bere... Se prendiamo anche due antipasti, siamo a posto».

Superato lo shock iniziale, dovetti comunque fare uno sforzo per raggiungere la poltrona.

«A questo punto il vostro piano va all'aria...» continuò Fofo, spietato. «Dimenticati di gironzolare per le strade. Ha ragione lei, è meglio se vieni con noi alla festa. Mangiamo e beviamo senza ritegno e prima di crollare facciamo quattro salti».

«Ma figurati» dissi fiaccamente. «Quando nevica mica scendono i lupi in città, no? Voglio solo fare un giro con Lale».

«È dall'inizio che il vostro programma di Capodanno non mi convince» replicò Fofo con tono da saputello. «Altro che lupi! Due donne indifese in mezzo agli Apache...».

Gli "Apache" sono i ragazzi dei quartieri periferici che arrivano in massa a Capodanno e nelle feste religiose perché gli autobus sono gratis. Quand'ero giovane io si chiamavano "proletariato straccione". Non mancano mai alle feste di Capodanno organizzate dal comune e ne approfittano sempre per infastidire le donne.

«Abbiamo già affrontato questo discorso» gli ricordai con voce tremolante per l'agitazione. «Sai benissimo che non mi piace il termine "Apache"».

«Non ti sembra che tutta questa diplomazia sia un po' fuori moda?» chiese Pelin, pronta ad aggredirmi. Negli ultimi tempi i miei due assistenti non perdevano occasione per allearsi contro di me. Forse per la tensione che si era creata in vista dell'aumento di stipendio di gennaio. Ogni anno la stessa storia: io insisto per un aumento proporzionato all'inflazione, mentre loro vogliono un trentatré per cento in più.

«*Un po'* fuori moda? Decisamente, direi!» esclamò Fofo, scoppiando in una risata.

Afferrai il telecomando e cominciai a fare zapping. Un segnale per chi mi sta intorno. Di solito non guardo la televisione; quando prendo in mano il telecomando significa che voglio cambiare argomento.

«Qualche anno fa quei *bravi ragazzi* di periferia hanno quasi violentato una turista in piazza Taksim» disse Pelin. «Se non mi credi, fai una ricerca con Google. Inserisci le parole "Taksim" e "Capodanno" e vengono fuori decine di video di molestie. Neanche il grande tabù dell'uomo turco è riuscito a fermarli: hanno importunato perfino una ragazza che stava col suo lui. Pensa un po'!». Mentre parlava, continuai inutilmente a fare zapping. Vedremo chi la spunterà, pensai.

«Gliel'ho detto mille volte, tesoro» intervenne Fofo, allargando le braccia. «Io e Lale andiamo di qua e di là, in questo e in quel locale. Non è mica vietato passeggiare per strada... Così risponde».

«Okay, ma spiegami una cosa: come mai Lale, invece di stare a casa al calduccio a mangiare il tacchino con le castagne in compagnia del marito, va in giro con Kati?».

«Ah già, tu non lo sai!». Seduto sul divano, Fofo si raddrizzò leggermente. «Il marito di Lale è andato a Cipro per stare vicino alla madre malata».

«La mamma di Erol è malata? Cos'ha?».

«Come, non sai neanche questo?» chiese lui, sorpreso. Si raddrizzò un altro po' e si appoggiò su un gomito.

«Il mese scorso ha scoperto di avere una brutta malattia».

Pelin cacciò un urletto. «No! Povera donna. Ma cosa vuol dire "una brutta malattia"? Ha forse il cancro?».

«Zitta!» strillò Fofo. «Non nominarlo neppure».

«E questa cos'è? Una nuova superstizione?» domandai, incapace di trattenermi.

Sono costretta a sopportare mille stupidaggini: toccare ferro, non passare sotto le scale, non iniziare un lavoro di martedì, non prendere il coltello direttamente dalla mano di un'altra persona...

«Non è nuova, esiste da sempre. Secondo te perché la gente non nomina mai quelli là e, quando ne parla, dice "che stiano in salute"?».

«Non lo so. Non ci voglio neanche pensare».

«Credi che non nominare gli spiriti e dire "che stiano in salute" serva a esorcizzare le cose brutte?» chiese Pelin. Sentendo che l'alleanza contro di me stava per rompersi, mi alzai. La povera Pelin non immaginava minimamente a cosa stava andando incontro. Non penserete che conosca Fofo quanto me, vero? Non sa quant'è bravo a prendersi la rivincita.

«Sì, cara. Per questo ti chiamiamo "ragazza"».

Deglutii. Fofo ci era andato giù pesante. Ormai neanche un interesse comune come l'aumento di stipendio poteva tenerli alleati. Pelin, permalosa di natura, si sarebbe senz'altro rifugiata nel retro mormorando «Cos'ho fatto per meritarmi un trattamento del genere?» e non sarebbe tornata finché uno di noi – probabilmente io – non fosse andato a prenderla...

Mi avvicinai alla finestra per vedere se stava già nevicando. Meglio far finta di niente per non ferire ancora di più l'orgoglio di Pelin.

All'improvviso da dietro giunse una voce tremante: «Per questo quando parliamo di te diciamo "checca"».

Oddio! Pur trepidando, la piccola Pelin stava cercando di punire Fofo. Che volete, noi umani siamo fatti così. Crediamo che i figli rimangano per sempre bambini, ci convinciamo che non cresceranno mai...

I lettori che seguono le mie storie sanno tutto, ma vorrei fare una precisazione per gli altri: Pelin non è mia figlia, ma si può dire che l'ho vista crescere. Lei e Fofo lavorano nel mio negozio: l'unica libreria di tutta Istanbul in cui si vendono solo gialli.

«Cosa?!?». Il mio caro assistente era lungo disteso sul divano. Colto impreparato dalla reazione di Pelin, proprio come me.

«Hai sentito benissimo» dissi, voltandomi poi verso di lei. «Mi porti il cellulare che ho lasciato in camera, per favore? Sta già nevicando forte. Provo a chiamare Lale. È strano che non si sia ancora fatta vedere...». Come potete immaginare, non volevo tanto usare il telefonino quanto allontanare Pelin in modo che la situazione non degenerasse.

«Si può sapere che sta succedendo?» ringhiò Fofo non appena lei ebbe lasciato il soggiorno. «Se devo incassare senza rispondere, tanto vale che me ne vada».

«Eh no! Dovevi pensarci prima di sentenziare che la diplomazia è ormai fuori moda».

Si girò dall'altra parte, dandomi le spalle in segno di protesta.

Nello stesso momento Pelin tornò con il mio cellulare. «Ci sono tre chiamate di Lale. Evidentemente non l'hai sentito suonare».

«Fantastico!» replicai, afferrando il telefonino per richiamarla. Una delle cose che Lale non sopporta è proprio questo mio non sentire la suoneria.

«Niente, deve averlo spento» dissi un attimo dopo.

«Magari non prende. Ti conviene riprovare». Pelin mi guardò sorridendo; sembrava piuttosto soddisfatta di se stessa.

Provai di nuovo dopo due minuti. E dopo cinque... dieci... quindici... Aveva proprio il cellulare spento.

Mi misi a camminare su e giù per il soggiorno. «Comincio a essere un po' preoccupata».

«Per i lupi arrivati in città?» chiese Fofo, sempre di spalle sul divano.

«Ahahah!».

«Perché ti preoccupi? Si sarà addormentata».

«Secondo te mi ha chiamato tre volte, poi ha spento il cellulare e si è addormentata?».

«Perché no? Quando ha visto che non rispondevi si è innervosita e...».

Purtroppo era possibile. Chiunque conosca un po' Lale sa quant'è impulsiva.

«A che ora ha chiamato?».

«Alle 17.40, alle 17.53 e alle 18.09».

«Allora hai ragione, è strano» ammise Fofo, voltandosi verso di noi. «Sono passate circa due ore dall'ultima chiamata. Non importa se se l'è presa, non è da lei comportarsi in questo modo. A Capodanno, per giunta».

Già, a Capodanno. Con le strade che aspettavano solo noi...

«Visto, cominci a preoccuparti anche tu».

«Dite che le è successo qualcosa?» domandò Pelin, attenta a non incrociare lo sguardo di Fofo.

«Ma no!» esclamai, cercando di convincere soprattutto me stessa. «Ha spento il cellulare e magari si è davvero addormentata...».

«Sono passate due ore» obiettò Fofo, mostrando indice e medio per ribadire il concetto.

Composi di nuovo il numero; ormai erano venti minuti che provavo. Non riuscendo a prendere la linea, tentai con il telefono di casa. Suonò a lungo.

«Niente da fare, il cellulare è spento e a casa non risponde».

Fofo si alzò con agilità sorprendente, lasciando il divano su cui aveva oziato tutto il pomeriggio per socchiudere la tenda e guardare fuori.

«La neve comincia ad attaccare. E fa pure freddo. Tra poco le strade saranno ghiacciate…».

Mi prese il panico. Speravo ardentemente che non le fosse successo nulla.

«Basta!» gridai. «Devo raccogliere le idee e capire cosa si può fare».

«È inutile che ci rimproveri, siamo tutti sulla stessa barca» replicò Pelin senza alzare la voce, ma in tono abbastanza autoritario. Stasera questa ragazza si sta davvero superando, dissi tra me e me.

Scoraggiata, abbassai la cresta.

«Hai ragione. Okay, riflettiamoci insieme».

«Ci sarebbe la signora che abita di fronte…» iniziò Fofo.

«Ottima idea!» lo interruppi subito. «Basta trovare il numero della signora Elvan e chiederle di andare a suonare il campanello di Lale».

«Problema risolto» dichiarò Pelin, sul viso la stessa espressione soddisfatta di poco prima.

«E dove troviamo il numero della signora Elvan?».

«Elvan…» ripeté Fofo, pensieroso. «Non è la figlia della zia di Saffet?».

Con le parentele sono una frana. Sul serio.

«Non chiederlo a me. Sono la persona meno indicata» dissi.

«Saffet chi?» s'intromise Pelin.

«Ma è ovvio! Saffet il pittore. Quello che vedi sempre ad Asmalımescit… con la moglie francese… i cani…». Fofo rispose senza guardarla.

«Ah, ho capito! Se non sbaglio, la figlia studia teatro all'Università Mimar Sinan. È quella che due anni fa ha avuto un incidente stradale...».

«Uff, non posso mica sapere tutto!» fece lui, scontroso.

«Insomma, riusciamo a rintracciare questo Saffet?».

«Conosco una persona che potrebbe avere il suo numero. Hai presente Burak, il mio amico pittore? A un certo punto hanno condiviso lo studio». Con il cellulare in mano, Fofo sparì in corridoio.

«Vado a prepararmi, altrimenti facciamo tardi» disse Pelin. «Dovresti venire con noi. Non contare su Lale. Se si è addormentata...».

«Non posso credere che sia così irresponsabile. Avevamo organizzato tutto».

«Forse era arrabbiata e si è messa a bere. E poi le è venuto sonno...».

«Ne parli come se fosse un'alcolizzata».

Per tutta risposta mi fece l'occhiolino.

«Magari si è portata a casa qualcuno. Visto che Erol non c'è...».

Mi raddrizzai di colpo.

«Pelin!».

«Cosa? È risaputo che le coppie sposate hanno una vita sessuale disastrosa...».

«Ah, è così? Ora va di moda generalizzare?».

Lei mi osservò in silenzio per un attimo.

«Ho capito. Devo chiedere scusa a Fofo, giusto?».

«Sì».

«Ho il numero di Saffet. Forse è meglio se lo chiami tu...». Il nostro amico rientrò tutto sorridente, poi posò lo sguardo su Pelin e il sorriso gli si gelò sulle labbra.

«Bene, dammelo» dissi.

Pelin lo prese a braccetto e lo trascinò di nuovo in corridoio per un chiarimento. Mentre parlavo con Saffet e poi con la signora Elvan, li sentii confabulare. «Ne avete ancora per molto?» domandai dopo aver messo giù il telefono.

Pelin tornò in soggiorno con le guance lievemente arrossate. «Allora? Sei riuscita a contattare la vicina di casa?».

«Sì. Cercherà di svegliare Lale».

«Se vuoi venire con noi alla festa, devi prepararti. È ora di andare» intervenne Fofo. Sembrava che le scuse avessero funzionato.

«Devo venire per forza» borbottai. «Lale non ce la farà mai. A quest'ora da Kuzguncuk...».

Quando ti vanno all'aria i programmi di Capodanno, provi inevitabilmente una profonda amarezza. Ero così delusa che non avevo neanche la forza di arrabbiarmi con Lale.

Non ero ancora arrivata in camera quando sentii la suoneria del mio cellulare. Tornai di corsa in soggiorno per rispondere... ma Fofo aveva già in mano il telefonino e stava parlando con qualcuno. In casa mia non esiste privacy.

«È Lale?» chiesi speranzosa.

Lui scosse la testa e muovendo le labbra senza emettere suono disse: «La signora Elvan». Alla fine della telefonata sembrava di nuovo preoccupato.

«Pare che Lale non sia a casa. È tutto buio. Mentre la signora Elvan suonava il campanello, è arrivata la vicina della porta accanto. Ha detto che l'ha vista salire sulla sua auto un paio d'ore fa».

«La signora che abita accanto a Lale?».

«Così mi ha riferito la signora Elvan».

«Dammi il cellulare» ordinai, in preda al panico. Non potevo certo restare calma!

Richiamai la signora Elvan e chiesi il numero della vicina di casa. La donna aveva visto Lale salire in macchina verso le sei, ma non le aveva domandato dove stava andando.

«In questa storia c'è sicuramente qualcosa di strano» dichiarai, mordendomi le labbra.

«Già» convenne Fofo. «Chissà perché la vicina non le ha chiesto niente quando l'ha vista salire in auto».

«Fosse stata Kati, avrebbe senz'altro scoperto dove stava andando» aggiunse Pelin.

«Senza dubbio! Per lo meno ci avrebbe provato» rispose lui. Era incredibile: riuscivano a prendermi in giro anche in una situazione così drammatica!

«Di sicuro avrebbe finto di avere buone intenzioni».

«Assolutamente. La vicina curiosa con tante buone intenzioni». Deciso a rincarare la dose con una mia imitazione, Fofo si mise ad ancheggiare e a parlare in falsetto. «Buon anno, signora Lale. Ha sentito le previsioni? Dicono che nevicherà. Meglio non stare fuori stanotte. Scommetto che sta andando a casa di amici...».

Pelin si piegò in due dalle risate.

«Piantatela!». In realtà me l'ero cercata. Li avevo spinti io a fare pace.

«Okay, okay, hai ragione» ammise Pelin. «Volete sapere cosa mi è appena venuto in mente?».

«Cosa?» domandammo io e Fofo in coro.

«Può darsi che Lale abbia deciso all'ultimo momento di raggiungere Erol. Ha cercato di avvisarti, ma non hai risposto alle sue chiamate. Poi sull'aereo ha dovuto spegnere il cellulare. Magari adesso si sta preparando a festeggiare il Capodanno per le strade di Nicosia».

Respirai profondamente e considerai la sua ipotesi. Non mi convinceva per un paio di motivi.

«Quando vi siete sentite l'ultima volta?» chiese Fofo.

«Ecco, è esattamente questo il problema! Ci siamo sentite oggi pomeriggio. Verso le cinque, credo».

Pelin non perse tempo e consultò l'elenco delle chiamate del mio cellulare.

«Alle 16.55».

«Visto? Mi sembra improbabile che abbia cambiato idea dopo le cinque, che abbia trovato un biglietto e sia andata all'aeroporto...».

«... lasciandoti qui da sola a festeggiare il Capodanno, senza neanche mandarti un messaggino» terminò Fofo.

«Non ci vuole un'ora da qui a Cipro? Dovrebbe essere già arrivata e aver riacceso il telefonino».

«Direi di sì».

«Dovremmo chiamare Erol» suggerì Pelin.

«Buona idea. Chi gli parla?».

«Non tu, se vogliamo evitare che gli venga un infarto» fece Fofo.

«Ci penso io. Faccio finta di volergli augurare buon anno». Un attimo dopo Pelin era già al telefono con lui.

Erol aveva parlato con la moglie nel primo pomeriggio; non sapeva nemmeno che il suo cellulare fosse spento. Come noi, credeva che Lale avrebbe trascorso la notte con me andando in giro per Istanbul.

«I coniugi sono sempre gli ultimi a sapere le cose» osservò Fofo con quell'aria da saputello che ultimamente assumeva spesso.

Mi sembrava di non riuscire più a pensare con lucidità.

«E adesso? Cosa facciamo?».

«Stiamo calmi» disse Pelin, dandomi un po' di sollievo col suo tono pacato. «Prima di tutto chiamiamo i nostri amici e li avvertiamo che non andremo alla festa. Poi...».

«Chiamiamo gli ospedali e la polizia?» azzardò Fofo.

All'improvviso mi sentii mancare le forze.

«Ospedali? Polizia?».

«Calma» ripeté Pelin.

«Cos'altro può essere successo? Se n'è andata in macchina...». Fofo era sempre più nervoso; ora gli tremava la voce.

«Ospedali e polizia sono le eventualità peggiori».

«Ne hai una migliore?» chiese lui.

Pelin era la personificazione della freddezza. «Può aver perso il cellulare».

Mi sembrava una possibilità tanto straordinaria quanto illogica.

«Se uno perde il cellulare, trova comunque un modo per farsi sentire. In ogni caso avevamo un appuntamento. Dovevamo vederci qui. Se ha preso la macchina, l'ha fatto sicuramente per venire da me».

«Un attimo, non correre. Che piani avevate per stasera? Ci servono tutti i dettagli».

«Dovevamo incontrarci verso le otto per fare un giro ad Asmalımescit e poi proseguire a piedi da Tepebaşı a Galatasaray... Volevamo andare alla Mephisto, per la festa che inizia alle dieci. A mezzanotte ci saremmo spostate in piazza Taksim e alla fine saremmo passate da Cihangir».

«Non mi sembra un gran modo di festeggiare il Capodanno» commentò Pelin, storcendo il naso.

«Perché, voi cosa fate? Estraete un coniglio dal cilindro?» sbottai. Cominciavo a perdere la pazienza. La mia amica era scomparsa e io dovevo sorbirmi le loro sciocchezze!

«Stai calma. Lale è anche amica nostra» mi rimproverò Fofo.

«Allora comportatevi come si deve!» replicai a gran voce.

«Sdrammatizzare un po' non fa male a nessuno» spiegò Pelin.

«Di solito ci riesci benissimo anche tu, Kati».

«Può darsi, ma in questo momento non ho la forza di sopportare le vostre battute».

«Faccio il caffè. Mi pare che ne abbiamo bisogno».

«Prima che sia troppo tardi, io chiamo i ragazzi per informarli che non andiamo alla festa» disse Fofo.

Decisi di sciacquarmi la faccia. Uno non ci pensa, ma a volte questo piccolo gesto può aiutare. Ti dà la sensazione di poter ricominciare da capo, di poter migliorare ogni cosa...

Purtroppo non funziona sempre. Il peggio era che, ospedali e commissariati a parte, non avevo la minima idea su come e dove cercare Lale. Istanbul è una megalopoli con sedici milioni di abitanti!

Tornai in soggiorno strisciando i piedi. Ad aspettarmi c'era un fumante caffè turco, poco zuccherato.

«Come procediamo?» domandò Pelin, bevendo il primo sorso.

«Chiamiamo polizia e ospedali» risposi. «Il commissariato di Kuzguncuk, la questura di Beyoğlu, l'ufficio persone scomparse, l'ospedale di Taksim...». Prima che potessi finire, il mio cellulare si mise a suonare. Ci precipitammo tutti e tre verso il tavolino su cui era posato. Fu Pelin a leggere per prima il nome sul display. Essendo più giovane, ha la vista migliore.

«È Candan!».

Candan è la proprietaria della libreria Mephisto, quella dove dovevo andare con Lale. È una collega e un'amica. È stata proprio lei a farmi conoscere Pelin quando cercavo un aiutante per il mio negozio.

«Sono già qui» disse. «Se vi va, potete venire prima».

«Magari!» esclamai come se stessi esalando l'ultimo respiro. «Non possiamo più venire. Lale è scomparsa».

«Cosa? Che significa “scomparsa”?».
«L’hanno vista per l’ultima volta a Kuzguncuk verso le sei, mentre saliva in auto. Subito dopo mi ha chiamato, ma non ho sentito il telefono...».
M’interruppe.
«Non può essere scomparsa. È passata di qui prima che arrivassi e mi ha telefonato. Ha detto che sareste venute alle dieci».
«A che ora ti ha chiamato?» strillai.
«Aspetta che guardo...». Seguirono alcuni istanti d’impaziente attesa, poi finalmente ricevetti una risposta: «Alle 19.14».
Diedi la bella notizia agli altri. «Candan ha parlato con Lale alle 19.14!».
«Ohhh!» fece Fofo. «Hai visto!».
Pelin si alzò tutta allegra e cominciò a ballare con movimenti strani.
«Ci vediamo tra poco». Misi fine alla telefonata e mi appoggiai comodamente allo schienale della poltrona. Ero esausta.
«Mi fumo una sigaretta».
«No!» gridò Pelin.
«Assolutamente no!» urlò Fofo.
«Una sola».
«No!».
«Non potete impedirmelo». Ero decisa. Avrei fumato. Il problema era che in casa non avevo più neanche una sigaretta.
«Okay». Alzai le mani, come in segno di resa. «Prima studiamo un piano».

«Semplice» disse Fofo. «Andiamo alla Mephisto e aspettiamo che Lale ci raggiunga. Prima o poi arriverà».

«Ma perché ha il cellulare spento?».

«Si sarà scaricato». Sembrava convinto di aver trovato una spiegazione davvero intelligente.

«Non dire stupidaggini! Siamo a Istanbul! Nei caffè ci sono caricabatterie di ogni marca. Prendi qualcosa da bere e intanto ricarichi il telefono».

«Secondo me, o si è cancellata la rubrica o ha perso il cellulare» intervenne Pelin. «Anzi, gliel'hanno rubato. I ladri buttano subito via la scheda per non essere rintracciati».

«Sì, però sarebbe comunque venuta qui o si sarebbe fatta viva in qualche modo... Stiamo parlando di Lale. Non è certo un'irresponsabile».

«Credi che sappia il tuo numero a memoria? Tu quanti ne sai?».

Ci pensai su e capii che aveva ragione. Da quando non si usa più digitare i numeri di telefono, non ne tengo a mente neanche uno.

«Va bene, ammettiamo che non sappia il mio numero... Perché non è venuta? Avevamo appuntamento qui».

«Le ipotesi non ci porteranno da nessuna parte. È inutile tirarla per le lunghe» disse Fofo. «Usciamo subito e andiamo alla Mephisto».

Anche lui aveva ragione.

Appena misi piede fuori, mi venne voglia di tornare in casa, chiudere la porta a chiave e cercare riparo sotto la trapunta. Una folla formata per lo più da ventenni scorreva da Karaköy in direzione di Tünel. Nevicava senza sosta e i fiocchi caduti a terra si trasformavano subito in fango sotto i piedi dei passanti e le ruote delle poche auto.

«Che serata!» esclamò Fofo con un gran sospiro.

«È più affollato di un concerto di Madonna» aggiunse Pelin.

Li ascoltai in silenzio. La mia priorità era trovare delle sigarette. Mi precipitai dal tabaccaio in Galip Dede Caddesi.

«Non vorrai fumare proprio ora...» disse Fofo, indicando il pacchetto con cui uscii dal negozio. «Non possiamo stare qui sotto la neve a guardarti».

«Volevo solo averle con me» tagliai corto.

Salimmo verso Tünel. Ogni tanto dovevamo saltare sul marciapiede strettissimo dove la neve si stava ghiacciando per sfuggire agli autisti che usavano quella strada come scorciatoia tra Şişhane e Karaköy, ma per il resto camminammo sul viale fangoso e sdrucciolevole. A Tünel la folla era aumentata; in compenso la salita era ormai alle nostre spalle.

«Evitiamo la confusione di İstiklal Caddesi: da Asmalımescit andiamo direttamente a Tepebaşı» proposi.

«Meglio ancora se prendiamo un taxi» disse Pelin. «Non ho nessuna voglia di farmi toccare il culo per strada».

«Non ti sembra di esagerare? Vogliono solo divertirsi...».

«Ah, lo so bene. Peccato che il loro concetto di divertimento consista nel dare pacche sul sedere a tutte le donne che incontrano».

Mi arresi. «Non ho intenzione di farmi coinvolgere in una conversazione infinita con te».

«Il taxi puoi anche scordartelo, cara. Stasera non se ne trovano. E comunque resteremmo bloccati nel traffico. Non abbiamo scelta, dobbiamo per forza camminare» spiegò Fofo con atteggiamento paterno. Probabilmente, come qualunque maschio che si rispetti, si sentiva responsabile dei nostri culi. Avanzando a passo di lumaca, attraversammo la galleria per arrivare in Sofyalı Sokak. Appena fuori mi mancò il respiro.

«Non ce la faremo mai. Abbiamo preso la strada sbagliata». Non avevo considerato i locali notturni della zona.

«Non esistono strade giuste e strade sbagliate. Beyoğlu è tutta così a Capodanno. Adesso hai capito perché le persone con un po' di buonsenso festeggiano in casa?».

«Caro Fofo, direi che ne abbiamo già parlato abbastanza» feci con voce suadente.

Volevo solo arrivare sana e salva alla Mephisto, possibilmente senza litigare.

«Sì, ne abbiamo parlato, ma voglio essere sicuro che tu abbia capito bene».

«Perché al prossimo Capodanno...». Pelin non riuscì a finire la frase; all'improvviso lanciò un urlo seguito da una pesante imprecazione.

«La nostra amica ha ricevuto la prima pacca della serata» intuì Fofo. «Hai visto chi è stato?».

«No, non l'ho visto e non voglio vederlo!» rispose rabbiosamente lei. «È stata una vera e propria violenza».

«In giro ci sono anche tipi carini. Potrebbe essere uno di loro» le feci notare.

«Che tesoro» sibilò Pelin.

«Non è il momento di bisticciare» ricordò Fofo. La prima cosa intelligente che gli usciva di bocca.

«Se impieghiamo dieci minuti per fare venti passi, non arriveremo mai. Qui bisogna usare le maniere forti».

«Brava! Comincia a spintonare».

Lo feci... Ma fu inutile. Non si trattava di gente normale che si lasciava spostare con due gomitate. Ci stringemmo ancora di più: io davanti, Pelin dietro, abbracciata forte a me, e Fofo per ultimo. Così disposti cominciammo ad avanzare a piccoli passi verso Tepebaşı, insieme alla fiumana. Centinaia di persone affollavano la viuzza, impedendoci di sentire freddo. Unico aspetto positivo di una camminata snervante.

Lenti come tartarughe, proseguimmo tra la folla. I tavoli sistemati davanti ai locali lungo la via erano gremiti fino all'inverosimile. Ogni tanto qualcuno alzava il bicchiere sorridendo a quelli che passavano trascinati dalla corrente, come se volesse far dispetto.

«È una festa cristiana» disse una voce al mio orecchio. Mi voltai con il sorriso sulle labbra, convinta che fosse uno scherzo, e vidi due uomini con un abito grigio lungo fino ai piedi, troppo leggero per il clima di Capodanno. Avevano la testa coperta da un turbante e il viso seminascosto dalla barba. Quello brizzolato continuò il suo discorso: «Non ha senso celebrare una festa che non ci appartiene. È il compleanno del *loro* profeta». L'altro, più giovane, mi mise in mano un foglietto. Mi bastò un'occhiata per capire che era pieno di sciocchezze. Spiegava perché per i musulmani è peccato festeggiare il Capodanno.

«Non sono certo un'esperta, ma per quanto ne so non è il compleanno di Cristo» osservai. L'uomo più anziano mosse appena le labbra. Non riuscivo a sentire, ma sembrava stesse pregando. O forse imprecava.

Quando i due barbuti si rivolsero ad altre persone, Fofo mi chiese spiegazioni.

«Condannano i festeggiamenti di Capodanno perché credono sia il compleanno di Cristo. Ho detto che non è vero...».

«Lascia perdere. Ci sono persone che a Capodanno addobbano i pini, lo sai anche tu».

Già, l'avevo dimenticato. È evidente che in Turchia c'è molta confusione sul concetto di Capodanno. Mentre i religiosi condannano i festeggiamenti, i laici addobbano di luci un pino che chiamano "albero di Capodanno" e ci mettono sotto i regali.

Pelin mi diede una gomitata. «C'è un tizio che ti saluta. Là, da Yakup».

Ahimè, ci mancava solo questa! Ziya!

Yakup è uno dei locali preferiti dagli intellettuali e dai giornalisti di Istanbul. Gli antipasti sono pessimi, tranne il *börek* ripieno di *pastırma*, la carta di vini è scarsa e i prezzi sono altissimi, ma è un luogo irrinunciabile per chi vuole vedere e farsi vedere. Ecco, anch'io mi ero fatta vedere. Pigiata in mezzo alla folla... Naturalmente avrei preferito evitare, ma ormai era troppo tardi. Lo salutai.

Ziya si mise le mani intorno alla bocca e con tutto il fiato che aveva in gola gridò qualcosa impossibile da capire per la distanza e il rumore.

«Cos'ha detto?».

«Non lo so, non ho capito. Ma mi è sembrato di sentire "Lale"».

«Davvero?».

«Sì, ho avuto la stessa impressione» disse Fofo.

Mi aprii un varco tra i camerieri che facevano da scudo per impedire ai ragazzi di periferia di avvicinarsi ai clienti e raggiunsi il tavolo dove Ziya sedeva insieme a un'attrice degli anni Sessanta famosa per la sua bellezza e a un paio di uomini dai capelli brizzolati. Li salutai con un cenno del capo.

«Hai visto Lale?» chiesi agitata.

«Sì, ci siamo salutati da lontano» rispose, come se vedere Lale fosse la cosa più naturale del mondo.

«Quando? Dove stava andando?».

Ziya aggrottò le sopracciglia e mi fissò.

«Stai bene? Vuoi sederti un attimo qui con noi?».

Uno degli uomini brizzolati si alzò di scatto. «Prego, si accomodi».

«Grazie, ma sono con i miei amici». Anche se avevo la mente occupata da altri pensieri, mi accorsi che il tipo non era affatto male. Stavo perdendo una bella occasione, e proprio a Capodanno… Ah, Lale!

«Era sola?» continuai, guardando di nuovo Ziya.

Lui scoppiò a ridere.

«Sola in mezzo a tutta questa gente?».

«Era con Murat» intervenne lo sconosciuto che voleva cedermi il posto.

«Vi siete già presentati?» domandò Ziya.

Porsi la mano. «Kati Hirschel».

Le parole dell'uomo si persero nel vociare della folla. In un altro momento gli avrei chiesto di ripetere il nome, ma data la situazione non mi importava.

«Con Murat?».

«Sì, Murat Deliorman. Era il corrispondente da Roma del nostro giornale. Poi è andato a Washington. Ha smesso di fare il giornalista e si è stabilito là».

Ci pensai un attimo. Non mi sembrava di conoscerlo. Era forse un ex di Lale? No, fosse stato così, l'avrei saputo.

«Sono andati da quella parte?». Indicai İstiklal Caddesi.

Lui annuì.

«Quando?».

«Sarà passata un'ora o anche meno. Vero, Ziya?».

L'interpellato fece cenno di sì.

«Erano quasi le nove».

Salutai in fretta, abbracciai Ziya augurandogli buon anno e corsi a dare la buona notizia ai miei due amici.

«Chi è Murat Deliorman?» s'informò Fofo. «Da dove è uscito?».

Riferii quel poco che sapevo.

«E così abbiamo trovato Lale». Pelin si mise a saltellare, battendo le mani.

«No, non l'abbiamo ancora trovata. Sappiamo solo

che è passata di qui con uno che si chiama Murat Deliorman».

Fofo sorrise con l'aria di chi la sa lunga.

«Non è facile da accettare, cara Kati, ma è evidente che la nostra amica si è scordata di te non appena ha incontrato questo Murat». Estrasse l'iPhone dalla tasca. «Lo cerco con Google. Voglio proprio vedere chi è...».

Pelin allungò il collo per guardare oltre la sua spalla. «Wow! Mica male! Scusa, ma al posto di Lale ti avrei dimenticata anch'io».

«Fammi vedere». Incuriosita, strappai il telefono dalla mano di Fofo. Murat Deliorman era un tipo bruno con occhi grandi e barba corta. A giudicare dalla foto trovata con Google Images, doveva avere più o meno trentacinque anni.

«Per caso valutare una persona dal suo aspetto è fuori moda?».

«Assolutamente no» rispose di getto Fofo.

«Allora non è un problema se dico che è un vero macho».

«Nessun problema, anzi, è poco!».

Per la prima volta dopo un paio d'ore ridemmo tutti insieme.

Raggiunto l'Ece Bar, cercai di confondermi il più possibile tra la folla e avanzai a testa bassa per non incrociare lo sguardo di qualche conoscente.

«Vedi, le persone perbene festeggiano il Capodanno nei bar e nei ristoranti in compagnia di gente come loro» disse Fofo, indicando i clienti che traboccavano dal locale.

«Okay, ho capito, non penserò mai più di festeggiare il Capodanno in strada. Sei più tranquillo adesso?».

«Sì!». In effetti sembrava rassicurato.

Ormai ci eravamo lasciati alle spalle Asmalımescit con tutti i suoi bar e stavamo entrando a Tepebaşı, dove la strada si allargava un po'.

«Forse ce l'abbiamo fatta. Siamo salvi» esultò Pelin.

«Se ti riferisci al tuo culo, dobbiamo ancora passare da Galatasaray» replicò Fofo.

«Perché andare alla Mephisto? A questo punto è meglio tornare a casa. Lale sta sicuramente venendo da noi. Altrimenti che ci faceva ad Asmalımescit?».

«Da me, non da noi» la corressi. Non giudicatemi male, cari lettori: non sono una tedesca scortese e insopportabile. Non potete neanche immaginare quanto siano bravi i miei assistenti a introdursi nella mia vita e a invadere casa mia. Non ho scelta, devo per forza proteggermi.

«Tornare a casa? Stai scherzando, Pelin? Siamo a due passi dalla Mephisto» disse Fofo.

La libreria si trovava a poche centinaia di metri. Al solo pensiero di tornare indietro per la stessa strada da cui eravamo arrivati mi veniva la pelle d'oca.

«Chiama Candan» continuò Fofo. «Chiedile se Lale è arrivata. Magari ci sta aspettando là».

«Se fosse da Candan, mi avrebbe avvisato» obiettai, usando comunque il cellulare che tenevo in mano – avevo paura di non sentirlo – per chiamare la mia amica libraia. Dopo cinque squilli ancora nessuna risposta.

«Niente. Forse c'è troppo rumore e non sente». Cominciavo a capire perché Lale si arrabbiava tanto quando non rispondevo alle sue chiamate. I cellulari dovrebbero rendere le persone raggiungibili in qualunque momento. Se vi cercano e non riescono a contattarvi, cade il discorso.

Sentendo l'urlo di Pelin, trasalii. La vidi indicare un ragazzo esile con le mani in tasca e la testa incassata tra le spalle. «Questa volta so chi è stato. Quel ragazzo col giubbotto blu!».

«Che faccio? Vado a picchiarlo?». Fofo sembrava davvero pronto a saltargli addosso. Sarebbe bastata una parola d'incoraggiamento.

«No, no, lascia perdere. Non conviene attaccar briga con certa gente. Siamo quasi arrivati». Lo presi sottobraccio.

«Grazie a te, la nostra serata è rovinata» si lamentò Pelin, rossa in viso per la rabbia.

«Anche la mia. Dovresti dirlo a Lale quando la vedi» replicai in tono gelido.

«Mi sbaglierò, ma credo sia stata una tua idea passare la notte di Capodanno per strada».

Aveva ragione, ma non sopportavo l'idea che fosse tutta colpa mia. Tutto quello che era successo durante la nostra assurda serata.

D'un tratto ricevetti un pugno in testa che mi lasciò interdetta. Tenendomi il capo, cominciai a strillare.

Fofo mi abbracciò. «Stai calma, cara. Era solo una palla di neve».

«Non era una palla di neve!».

«Invece sì».

Pelin mi posò una mano sulla spalla. «Abbiamo tutti i nervi un po' tesi».

Mi calmai leggermente, ma solo per dire che nella palla di neve c'era una pietra.

«Ma quale pietra! Guarda». Fofo indicò tre ragazzini che si divertivano a tirare palle a destra e a manca, prendendo la neve dal tetto delle auto. Toccai il punto in cui ero stata colpita. Niente sangue.

«Apache non significa assassini. Toccare il sedere a una donna è una cosa, tirarle una pietra in testa un'altra» spiegò Fofo con la solita aria da saputello.

Stavo per rispondergli a tono quando qualcuno mi sfiorò una spalla: «Buon anno, sorella Kati». Con un sobbalzo mi voltai e vidi un giovane dal fisico sottile. Mi chiesi chi fosse e come sapesse il mio nome. Non lo conoscevo, e comunque – mi spiace dirlo – non era il tipo che rimane impresso.

«Buon anno».

«Mi hai riconosciuto?».

Scossi la testa.

«Lavoravo alla sala da tè in piazza Kuledibi. Da Ekrem. Ora lavoro all'Hammam Galatasaray».

Presa dalla curiosità, gli domandai se all'hammam serviva il tè.

«No, sorella, faccio l'inserviente. È così che mi guadagno il pane...».

Risi. Una delle cose che mi piacciono dei turchi è proprio la loro flessibilità. Grazie al giovane inserviente avevo dimenticato la palla di neve e la paura. Se Fofo e Pelin non mi avessero tirato per un braccio, sarei rimasta a chiacchierare con lui. Lo salutai e feci per allontanarmi.

«Quella tua amica... Ho visto anche lei poco fa, sorella».

Ci girammo di scatto tutti e tre.

«Quale amica?».

«La giornalista. Quella che andava anche in televisione...».

«Lale!» gridammo all'unisono.

«Ecco, proprio lei». Il ragazzo non capiva perché all'improvviso fossimo così agitati.

«Dove l'hai vista? Quando?».

Guardò l'orologio.

«Più o meno un'ora fa. Hai presente l'Hotel Palas?».

«Continua» lo esortai, deglutendo. Nel medesimo istante Fofo mi diede una gomitata nel fianco. Ci guardammo: stavamo pensando la stessa cosa.

«Sulla strada dietro il municipio di Beyoğlu».

Fofo tentò di mettere fine al discorso. «Buon anno. Arrivederci».

Ma il ragazzo non aveva nessuna intenzione di tacere e proseguì con entusiasmo.

«L'Hotel Palas. Quello grande... Sorella Lale era in compagnia di un uomo. Lei non mi ha visto... Forse neanche mi riconoscerebbe. Quando lavoravo da Ekrem non avevo i baffi, me li sono fatti crescere dopo il militare. Tanti non mi riconoscono più... Come te, sorella Kati».

Istanbul è così. E Beyoğlu è ancora peggio. Tutti conoscono tutti, vedono e sanno tutto... Com'era possibile che Lale avesse dimenticato questa semplice verità?

Mi schiarii la voce. «Siamo invitati a una festa. Dobbiamo andare, altrimenti facciamo tardi». E con queste parole ci allontanammo.

«Hai visto, cara? Lale non stava venendo da noi» disse Fofo con le guance tutte rosse.

Pelin sembrava sul punto di piangere. «Non ci credo! Per una scappatella, Lale ci ha rovinato il Capodanno!».

«Come non ci credi? Sei stata tu ad affermare che Lale poteva essersi portata a casa qualcuno, visto che Erol è fuori città».

«Non se l'è portato a casa, sono andati in albergo» puntualizzò Fofo.

«Non dite stupidaggini. Stavo scherzando. Davvero» si difese lei. «Chi poteva pensare...».

«Non sono un bacchettone. Tutti possono tradire, avere delle relazioni... Ma mi sembra che Lale sia stata un po' troppo opportunista» dichiarò Fofo con grande convinzione.

«Già. Per quanto è andato via Erol?».

«Che ne so! Quattro o cinque giorni. Sua madre sta morendo e...».

«Basta!» urlai. «Finiamola qui. E non una parola con Lale».

«Sicuro! Non possiamo neanche vendicarci per il fatto che ci ha rovinato il Capodanno?».

«No, non potete».

«Kati ha ragione» convenne lui. «Finiamola qui».

Il cellulare che tenevo ancora stretto in mano si mise a suonare. Fosse stata Lale, le avrei rovesciato addosso tutte le imprecazioni che conoscevo. Per fortuna era Candan.

«Ho visto che mi hai cercato. Scusa, non ho sentito il telefono. L'avete trovata?».

«No. Fofo, Pelin e io stiamo arrivando. Saremo lì tra un attimo».

«La porta del negozio è chiusa, ma basta che chiami e vi apro. Okay?».

Superato il Galatasaray Lisesi, da İstiklal Caddesi ci dirigemmo verso piazza Taksim. Invece che un paio di minuti, impiegammo un quarto d'ora per raggiungere la Mephisto. Ormai non pensavo più né alla folla né agli Apache.

Ci fermammo davanti alla libreria, tutti e tre imbronciati. Il signor Davut, il custode notturno, era dietro la porta a vetri e ci aprì subito.

«La signora Candan mi ha chiesto di aspettarvi qui» spiegò.

«Grazie, signor Davut. Grazie mille». Avevo le lacrime agli occhi.

Candan ci accolse sulla scala che portava al piano superiore, dove si stava svolgendo la festa.

«Allora? Trovato Lale?».

«No» mentii, evitando di incrociare il suo sguardo. «Sicuramente le hanno rubato il cellulare».

«È possibile. Con tutta quella gente... Si incontrano persone di ogni tipo».

«Di ogni tipo, sì».

Gian Mauro Costa

Il Capodanno di Atlante

«*A mezzanotte sai / che io ti penserò...*»

Sì, la serata era cominciata così, nel modo più scontato: Enzo Baiamonte lo ricordò tra le imprecazioni mentre pigiava sull'acceleratore di un'auto sconosciuta, imboccando a velocità i tornanti che da Baida lo avrebbero riportato verso il centro di Palermo.

Sì, era cominciata così, appena un paio d'ore prima: «*A mezzanotte sai / che io ti penserò / ovunque tu sarai sei mia...*» Filippo Inguaggiato, il poliziotto, canticchiava tamburellando con le dita sul volante. E aveva indirizzato, attraverso lo specchietto, uno sguardo complice a Baiamonte che si trovava nel sedile posteriore.

«*E stringerò il cuscino tra le braccia / mentre cercherò il tuo viso / che splendido nell'ombra apparirà...*» si era inserita con ostentata passione Loredana, la moglie dell'agente che, in realtà, era fresco di promozione al grado di vice sovrintendente. E si era girata all'indietro, per guardare ammiccante la cugina Rosa, la sarta, seduta accanto a Baiamonte, elettrotecnico in disarmo e diventato investigatore privato con tanto di patentino della Questura, dopo anni di gavetta clandestina.

A Enzo di fare con Rosa la parte dei piccioncini, però, non calava proprio. Così come lo imbarazzava doversi unire al coro della «Carezza in un pugno». Ma era consapevole che a Inguaggiato non lo univa ormai soltanto la comune passione per Celentano. Con il poliziotto aveva infatti condiviso il brillante e inaspettato esito di un'indagine casuale (grazie alla quale erano arrivati rispettivamente promozione e patentino) e un paio di segreti investigativi. Nonché, ed era forse la constatazione che più lo allarmava, una possibile parentela trasversale. Quei due davanti, nella Fiesta nuova di zecca di Inguaggiato («Lo capisci il culo?», aveva annunciato trionfante lo sbirro. «L'aumento della promozione corrisponde giusto giusto alle rate della macchina»), che scivolava nella sera palermitana lungo viale Michelangelo, tifavano spudoratamente per una messa a punto burocratica del legame tra Enzo e Rosa. E a Baiamonte, che di messe a punto amava solo quelle del motore della sua automobile, la sola idea faceva venire una ricaduta di morbillo. Non che non volesse bene a Rosa, che non le fosse grato delle serate trascorse a casa di lei, dei dopocena tra le lenzuola odorose di gelsomino e basilico. E la prova inconfutabile era la sua presenza in quell'auto. Mai e poi mai avrebbe potuto immaginare di festeggiare il Capodanno. Ancor meno in compagnia, e in un locale pubblico di Baida, abituato com'era a una lunga astinenza, con punte di idiosincrasia, da tutti i riti chiassosi che l'umanità riteneva obbligatori come una vaccinazione o una licenza di scuola media inferiore.

Aveva scelto dunque una via di mezzo e invece di intonare «*mi sembrerà di cogliere una stella in mezzo al mar*» guardando negli occhi la sarta, si era limitato a emettere un mugolio di accompagnamento. E Rosa, anche lei pudica, aveva fatto segno di gradire la sobrietà del suo compagno poggiando una mano sulla gamba di Enzo.

«*E quando mezzanotte viene / se davvero mi vuoi bene...*». «Già...», aveva rimuginato Baiamonte, «quando scoccherà la mezzanotte, sempre che riesca a sopravvivere sino a quell'ora, come mi dovrò comportare? Mi sarà sufficiente accostare a quello di Rosa il mio bicchiere di spumante dolce, come piace a lei, e sussurrarle buon anno? O da me si aspetteranno qualche battuta fulminante, un'esplosione di allegria e magari di petardi e stelle filanti? E riuscirò a sottrarmi alle effusioni di Filippo che, conoscendolo, vorrà sottolineare l'auspicata parentela davanti ai suoi colleghi, strattonandomi la giacca e assestandomi un paio di affettuosi pugni nella pancia così da farmi risalire in bocca le quattro cose che avrò avuto il coraggio di mangiare?».

I suoi colleghi... Sì, Enzo ne aveva conosciuto alcuni durante i suoi bivacchi in Questura, per le visite a Filippo o per il disbrigo delle pratiche del patentino. E aveva avuto modo di saggiare, magari anche di apprezzare, l'umorismo un po' ruvido delle loro battute, così differente dalla confidenza greve ma rassicurante dei suoi amici di quartiere e di scopone, il cameratismo cinico che trasudava come dettato dalla necessità fisiologica dello spirito di corpo e degli stessi corpi, la solidarietà non solo professionale ma anche esistenziale che si percepiva dai frammenti dei loro dialoghi, la difficoltà di vite fiaccate da turni massacranti, ideali e miserie, inseguimenti di latitanti e di scadenze del mutuo sulla casa. Vite in altalena fra la retorica verbale degli alti funzionari dello Stato in occasione di cerimonie e anniversari e la parlata spicciola e querula di una moglie sfiorita nella penombra di una cucina o di un figlio che reclama il pagamento di una tassa universitaria o una vacanza a Favignana.

Inguaggiato aveva posteggiato la sua Fiesta in uno spiazzo sterrato accanto ad altre utilitarie e a qualche macchinone esagerato. Preludio della popolazione mista che li avrebbe accolti nel locale e con la quale avrebbero salutato l'arrivo del nuovo anno: giovani appuntati alla loro prima esperienza lavorativa e già smaniosi di assetto in un matrimonio precoce, agenti stagionati prossimi a una meno che dignitosa pensione senza aver mai fatto uno scatto di carriera, investigatori ancora guizzanti e nervosi pronti a dare dimostrazione di sé con una pistola o un qualunque altro strumento in mano. Non solo poliziotti, comunque. Alla festa del Barbablù, il locale gestito dal figlio di un collega a riposo, anche familiari, conoscenti, vicini di casa, amici di amici, commercianti ossequiosi, piccoli imprenditori e piccoli evasori, compaesani inurbati, impiegati comunali, carrozzieri, compagni di escursioni in moto, palestrati e maestri di lotta greco-romana. Tutti coloro che avevano prenotato, a prezzo di favore, 30 euro cena inclusa, un posto al veglione.

Difficilmente, aveva osservato Baiamonte entrando nella lunga sala rettangolare che ospitava la festa del Capodanno 2013, li si sarebbe potuti distinguere l'uno dall'altro, marcare una linea netta o formare due squadre distinte per dar vita magari a uno dei giochi cretini di queste occasioni: i buoni, le forze dell'ordine, da una parte, e i cattivi, i malacarne o quasi, dall'altra.

I tavoli, allestiti per ospitare dodici commensali ciascuno, erano disposti lungo i muri, coperti da tovaglie bianche che ostentavano un uso forsennato dei detersivi televisivi *le do due fustini in cambio del suo... No, no, no.* A ogni centro tavola, un vaso con fiori di un colore che faceva pensare alla plastica, intorno ai piatti un numero minaccioso di posate e bicchieri, tra i quali svettavano gli immancabili *flutti* da sollevare per il momento topico, quello del brindisi.

«Minchia», era stato il commento silenzioso di Baiamonte, che aveva cominciato ad agitarsi. «C'è pure quella paletta da muratore che serve per mangiare il pesce... E come si usa? Si porta alla bocca con tutto il cibo? E le spine come si levano? Con la tenaglia?».

«Carino, vero?», gli aveva sussurrato prendendolo per il braccio Rosa, che con la sua innata sensibilità aveva percepito l'imbarazzo del compagno. «Guarda quanti festoni colorati alle pareti... E nella sala là in fondo, mi diceva Loredana, più tardi faranno musica e si ballerà». Poi, come se avesse sentito il campanello d'allarme che era suonato nella testa di Enzo, si era affrettata a rassicurarlo: «Sempre che ti vada, certo». E aveva assunto un'espressione un po' contrita e un po', inaspettatamente, civettuola.

Dalle ampie vetrate di quella che appariva una via di mezzo tra una sala trattenimenti, un ristorante domenicale per famiglie trasformabile in pizzeria serale per giovani e, all'occorrenza, appunto, in un ibrido tra discoteca e balera, si godeva la vista offerta sulla città dalla collina di Baida. Un'estensione di luci sfumata sino a confondersi nel buio del mare di Palermo contrassegnato da puntini luminosi: imbarcazioni tardive, yacht scesi in acqua per improbabili bicchierate, traiettorie di razzi lanciati dalle borgate marinare più pirotecniche. O, magari, manciate di stelline gettate dal cielo per incantare turisti e innamorati ingenui.

Filippo Inguaggiato era impegnato nel suo personale torneo di arti marziali: pacche, ceffoni, pugni, ginocchiate. Tutto per manifestare la sua esuberante cordialità equamente distribuita tra colleghi e conoscenti. Alcuni abbozzavano una timida risposta, altri rispondevano con un sorriso tenendosi a debita distanza. Nessuno, aveva notato Baiamonte, nascondeva l'impazienza di dare degno inizio al cenone. Che, al momento, significava prendere posto per non rischiare di perdere, Dio non voglia, il primo giro di antipasti. Doveva essere stata sancita una sorta di intesa preliminare, era stata la deduzione di Enzo: «Magari avranno studiato a lungo la piantina in Questura, scelto una strategia per l'assegnazione dei posti, calcolato distanze, appostamenti, distribuzione delle forze: un appuntato qua, un sottufficiale là, un semimalacarne in mezzo, pronti casomai a intervenire con un paio di manette se quello osa rubacchiare qualche gambero dal piatto del vicino...».

«E le donne?», aveva continuato a rimuginare Baiamonte. «Beh, a parte che ci saranno anche poliziotte là in mezzo, leste a mozzare le dita dei malcapitati che allungano le mani, gli organizzatori avranno pensato pure a questo, a sistemare le gentili ospiti ora tra il marito geloso e un parente di assoluta fiducia, ora invece nell'angolo più esposto alla messa in mostra del loro ben di Dio personale, per suscitare imbarazzo e battutacce ai danni degli sprovveduti compagni o fidanzati».

Roba da caserma, insomma, riti che Enzo aveva avuto modo di conoscere, e di non apprezzare, grazie ai resoconti infiniti dei suoi amici di scopone. E chissà, si era chiesto, se quell'ambientino, di lì a poco, magari dopo due o tre giri di vino verace (che già immaginava aspro e fortemente alcolico), si sarebbe trasformato, complice la forzata atmosfera del Capodanno, in una notte un po' lasciva ed equivoca... Con improvvisa apprensione aveva sbirciato Rosa, il cui volto mostrava invece allegro stupore e infantile gratitudine per la serata che le si prospettava, così diversa dai silenzi e dalle penombre nei quali la sua vita era stata per troppo tempo confinata. Le deduzioni di Enzo, comunque, avevano avuto un'indiretta conferma: ogni tavolo sembrava far riferimento a un cerimoniere designato, che indicava a ciascuno dei commensali la sedia da occupare. Inguaggiato aveva chiamato a gran voce Baiamonte e la sarta, sistemandoli con le spalle al muro, in una postazione privilegiata per dominare con lo sguardo la sala. Alla destra di Rosa, quella che sembrava una rassicurante coppia di coniugi: lui, come si appurò presto, un brizzolato agente di lungo corso, vestito di grigio, lei una casalinga rotondetta e dalla faccia simpatica, con un vago accento napoletano e un abito nero ravvivato da accese fantasie floreali. Alla sinistra di Enzo, un giovane in forza alla sezione Catturandi, con giacca sportiva e camicia bianca aperta, e una ragazza, la sua probabile fidanzata, con un maglione sulle spalle nude e un paio di jeans scoloriti ma di «quelli costosi», fisioterapista di professione. Filippo e Loredana si erano seduti un po' a distanza ma non tanto da non permettere al poliziotto di tenere sotto controllo il suo territorio imbandito. E mentre Rosa era già in piena conversazione con la signora tutta sorrisi (sì, era originaria di Salerno ma ormai a Palermo da trent'anni), ed Enzo cercava di sintonizzare meglio la banda di comunicazione con il giovane della Catturandi, era arrivato l'aperitivo.

«Buono», aveva commentato Grazia, la salernitana. «Per ora va di moda, sapete? Se lo pigliano i giovani. Si chiama *spruzz*: ci mettono lo sciampagna col bittèr».

«Si chiama spritz, si chiama», era intervenuto affettuosamente il marito. «E non ci mettono il bittèr ma, come si chiama... Chiediamolo a Gerry, che lui con i ragazzi dei locali ci lavora». E aveva richiamato l'attenzione del giovane poliziotto alla sinistra di Baiamonte.

«In che senso ci lavora?», si era intromessa Rosa, per fare conversazione, abbandonando la consueta discrezione e suscitando in Enzo un'avvisaglia di allarme sullo svolgimento della serata.

«Nulla, signora», aveva risposto ossequioso Gerry rivolgendosi direttamente a Rosa. «I miei colleghi mi prendono in giro perché trascorro molto tempo nei pub e nei locali notturni. Mica lo faccio per divertimento…».

«Bel lavoro, bel lavoro», aveva continuato con lo sfottò Vito, il poliziotto anziano.

«Che ci possiamo fare se le cose sono cambiate rispetto ai tempi tuoi, Vito», era caduto nella trappola Gerry, cominciando a infervorarsi. «I mafiosi di oggi sono capi già da giovani. E la sera se ne vanno a fare la bella vita in giro con i motorazzi o con i fuoristrada».

«E seguendo le loro tracce», aveva insistito Vito, «uno si ritrova nei locali in mezzo a sprizz, sprazz, e sniff e snaff».

«Già…», aveva assentito Gerry improvvisamente serio. «Fiumi di alcol e montagne di cocaina. Con rispetto parlando, signora», aggiunse rivolto a Rosa. Ma subito aveva ripreso l'arringa: «La nostra presenza nei locali c'è sempre stata. Solo che all'epoca tua vi vedevate la sera in quattro-cinque bar, quelli con un proprietario o confidente o mafioso, che magari si scambiavano volentieri il ruolo a seconda del periodo. Col risultato che tutti sapevano come stavano le cose. Così nei bar vi ritrovavate solo voi, a passare il tempo. O magari vi arrivavano le soffiate che qualcuno andava a lasciare a bella posta sul bancone, insieme a una tazza di caffè».

«Appunto, per noi allora c'era solo un espresso in compagnia di colleghi e qualche piccolo malacarne», aveva sospirato Vito. «Invece voi ve la spassate in mezzo alla bella gioventù».

«Lascia stare, che avevate pure voi il vostro tornaconto», aveva infierito Gerry approfittando dell'abbassamento di guardia del collega. «Non dico tu, ma in quanti ne hanno approfittato... Pasti gratis nei ristoranti di lusso, in cambio di una discreta sorveglianza e di una presenza rassicurante. Così il locale si faceva la fama di essere territorio franco dove le signore ingioiellate potevano mettersi tranquillamente in mostra. Tanto i rapinatori si tenevano alla larga, e certe volte pure i "pizzaioli"».

«Vuoi insinuare che il pizzo era quello nostro? Un paio di posti a tavola offerti come atto di cortesia e riverenza? E che male c'era se la nostra presenza faceva intanto da spaventapasseri? E comunque, anche quei piccoli, innocenti, favori durarono poco...».

Baiamonte, che si trovava in mezzo ai due, prima imbarazzato, poi incuriosito e anche divertito, seguiva il discorso con palese attenzione, rivolgendo sorrisi ora all'uno ora all'altro, per far intendere che la sua posizione era di amabile equidistanza. Per non sembrare comunque troppo invadente, esplorava ogni tanto con lo sguardo il resto della sala, osservando gli altri commensali. E proprio durante una di queste sue ricognizioni aveva notato, seduta al tavolo di fronte, una signora bruna, sulla quarantina, che lo fissava. Era una donna piuttosto attraente, con i capelli ondulati sulle spalle, due occhi di fuoco, un seno vistoso, la bocca larga e sensuale. Indossava un vestito verde, scollato, e ogni tanto rideva alle battute dei compagni di tavolo, che si mostravano alquanto allegri e rumorosi. Ma, a un occhio più attento, le risate della donna apparivano più che altro una posa, un istintivo riflesso sociale. La signora sembrava avere la testa altrove, lo sguardo come calamitato da Baiamonte. Accanto a lei sedeva un uomo all'incirca della stessa età, tarchiato, con una faccia simpatica e un'espressione timida, accentuata dal goffo nodo della cravatta. A ogni risata della donna, lui le prendeva la mano, gliela stringeva, per marcarne l'appartenenza, come se il suo istinto percepisse che erano quelli i momenti in cui doveva delimitare il territorio, instaurare un contatto per impedirne la fuga.

«Ma che vado a immaginare», aveva commentato dentro di sé Enzo, in parte compiaciuto e in parte allarmato. «Quella chissà a chi guarda e a chi pensa», aveva concluso riportando l'attenzione sul poliziotto della Catturandi, che insisteva nel gioco forse di rigore in occasioni come quella: agenti giovani contro sbirri anziani.

«Sì, la pacchia, mi hanno raccontato, finì dopo il pasticcio dello Sherazade...», fece Gerry riprendendo il discorso del collega dopo aver dato fondo al suo bicchiere di sprizz o spruzz che fosse.

«Proprio così», concordò stavolta Vito. «E grazie a quello stronzo di un giovane cronista dell'"Ora". C'era stata una rapina in uno dei ristoranti più eleganti di Palermo, lo Sherazade, appunto. E la cosa aveva suscitato scalpore, naturalmente. I banditi avevano fatto il giro dei tavoli impadronendosi di portafogli e gioielli. Il giornalista cominciò a chiedere in giro, parlò con i camerieri, e uno di loro si fece scappare che tra i commensali, quella sera, c'erano anche tre poliziotti. No, non stavano lavorando, no, ma erano ospiti abituali, confidò. Così uscì un articolo nel quale si faceva capire che, insomma, la direzione del ristorante gradiva invitare certi funzionari... con le deduzioni successive. Ma, al di là dell'immediata smentita della Questura sul presunto scambio di favori, la frittata era già fatta. C'erano tre dei nostri, là, e si erano fatti rapinare come pivelli. Una figura di merda. Da allora, la sera, stop a tutti gli "inviti". Solo un bicchierino al Gran Bar di viale Lazio, dove ci si incontrava anche con i dirigenti per fare il punto sulle indagini in corso. E dove si presentavano pure i giornalisti che volevano fare carriera...».

Rosa era stata ormai ben intrappolata nella rete della salernitana, che non smetteva di parlare neanche addentando bruschette, panelle, caponatine, alici marinate e tutto il repertorio dell'antipasto, scaricato con navigata abilità da camerieri acrobatici che snodavano braccia e gambe da una mensa imbandita all'altra. La sarta, comunque, non sembrava particolarmente angustiata dall'esuberanza della nuova conoscente, né dava mostra di aver notato gli sguardi insistenti che la bruna del tavolo di fronte rivolgeva a Enzo. Anche Filippo e Loredana, osservò rassicurato Baiamonte, erano del tutto assorti nei riti della libagione e della conversazione di maniera. Inguaggiato, poi, era infervorato nella comparazione tra le rate della sua nuova auto e quelle di un collega, che voleva dimostrargli la convenienza del suo acquisto: tasso zero dopo un anno, con l'applicazione di un TAEG al sette per mille variabile con l'inflazione ogni tre mesi e una rata finale antispread con la clausola di un otto per cento in caso di un rialzo degli interessi dei titoli di Stato. Questo, almeno, aveva più o meno colto Enzo. Ma già dall'arrivo dei gamberetti in salsa rosa serviti in quella che doveva essere una conchiglia e che a lui parve invece un posacenere con qualche difetto di fabbricazione, Baiamonte aveva cominciato a preoccuparsi.

«Ma che vuole, quella tipa? È mai possibile che sia interessata a me? Non è che per caso mi sono imbrattato la faccia con una di queste maledette salsine, oppure ho messo la giacca alla rovescia? No, qualcuno me l'avrebbe già fatto notare. E se si trattasse invece di uno scherzo organizzato a tavolino da Filippo e dai suoi colleghi per rendere più frizzante la festa? Certo, se volevano prendere di mira qualcuno, io sono il bersaglio ideale, l'ultimo arrivato, l'intruso che non è né carne né pesce, né sbirro né malacarne... Ma no, Filippo non me l'avrebbe giocato questo tiro, non stasera che sono con Rosa, ci teneva tanto...».

Ma più si lambiccava il cervello, più non trovava risposte adeguate e più finiva con il riportare lo sguardo al tavolo di fronte dove la signora in verde, immancabilmente, lo fissava. Gerry e Vito erano entrati ormai in un'altra discussione tematica. Lo sbirro più anziano aveva contrattaccato ricordando la brutta figura fatta dalla Catturandi, anni prima, quando, schierata in forze intorno a un grande albergo di Cefalù, dove era in corso un festeggiamento con tanto di superboss latitante, era rimasta in estenuante attesa dell'ordine di intervento, che non era mai arrivato. Il responsabile dell'operazione era stato poi accusato di aver temporeggiato ad arte proprio per permettere al boss di allontanarsi con comodo. Baiamonte avvertì un disagio crescente: non gli sembrava il caso di intervenire nelle diatribe interne della Questura, non era un appassionato di rate e titoli di Stato (avrebbe piuttosto preferito una circostanziata discussione sull'impianto idraulico o elettrico delle due vetture) e meno che mai si sarebbe introdotto nel dibattito tra Rosa e Grazia sulla licenziosità dei vestiti delle ragazze di oggi e sul calcolo di quanti centimetri sopra il ginocchio la figlia di un poliziotto potesse consentirsi di portare la gonna. Decise allora di prendersi un break e rinfrescarsi faccia e idee: la notte era ancora lunga, mancava parecchio allo scoccare della mezzanotte. E le portate, lo sapeva, sarebbero arrivate a stillicidio sino a un minuto prima del brindisi. Per fortuna tra le sedie e il muro era stato lasciato libero un piccolo corridoio per non disturbare gli altri commensali, e Baiamonte si era alzato per dirigersi verso la toilette, la cui porta era seminascosta da un albero di Natale fin troppo ricco di strisce argentate e palle colorate.

Si era fermato nell'antibagno, dove c'erano due lavamano. L'ambiente, aveva notato rassicurandosi, era pulito e profumava di deodorante al limone. Aveva fatto scorrere l'acqua, si era deterso fronte e viso, aveva armeggiato a lungo con il dispenser che non voleva saperne di far uscire il sapone liquido, ed era stato investito da una corrente d'aria. La porta, infatti, si era spalancata all'improvviso lasciando entrare, come sospinta da un vento impetuoso, la bruna del tavolo di fronte. Baiamonte aveva subito cercato di giustificarsi per non si sa quale mancanza: «Mi dispiace, non avevo chiuso a chiave, ma del resto dovevo solo...».

Ma quella, senza ascoltarlo, aveva chiuso lei la porta, con una doppia mandata. E si era piazzata davanti all'ingresso, come per dire: «Tu da qui non esci». E lo aveva incenerito con lo sguardo.

«Ma ci conosciamo?», aveva farfugliato Enzo, che a quel punto aveva temuto il peggio. Magari, si era detto, c'è una telecamera di videosorveglianza che trasmette la scena, magari hanno allestito una specie di "Sbirri a parte" e si stanno sbellicando dalle risate, magari adesso questa si spoglia e mi fa fare la figura dell'allocco...

«E certo che ci conosciamo», aveva prontamente risposto la bruna con una voce bassa ma imperiosa. «Caro mio, tu mi hai rovinato la vita. E adesso vedi se riesci a salvarmi il culo».

«*A mezzanotte sai / che io ti penserò...*»

Sì, era cominciata così, mugugnava Baiamonte alla guida, mentre ormai aveva raggiunto la rotonda di via Leonardo da Vinci. «Ma chissà come andrà a finire... Chissà se a mezzanotte riuscirò a brindare con Rosa, Filippo e gli altri, o se rimarrò impelagato in un grosso casino». Il casino era quello in cui l'aveva messo Stefania, la bruna del tavolo di fronte. Già, per la miseria, avrebbe dovuto ricordarne bene il nome. Dato che l'aveva conosciuta, e piuttosto intimamente. Diciamo pure adamiticamente. E, al pensiero, Enzo avvampò come un bambino. Soprattutto ripensando all'espressione adoperata dalla donna: «E adesso devi salvarmi il culo». Sì, ricordava anche quello, che troneggiava in un paio di foto scattate con il teleobiettivo. Perché Stefania apparteneva al suo passato più oscuro, quando il gioco clandestino del detective si riduceva in realtà allo squallore degli appostamenti per fotografare le coppie clandestine. Immagini scattate per conto dell'avvocato da cui prendeva direttive, e destinate a fomentare rancori, separazioni, se non tragedie familiari. Un passato con il quale Baiamonte aveva ringhiosamente chiuso e che adesso gli si ripresentava, nel luogo e con le modalità più inaspettate, per porgergli un conto salato.

Salato, ma non al fiele come quello che aveva dovuto pagare Stefania. La donna, all'epoca delle foto, era maritata con un piccolo imprenditore nel settore dei ricambi auto, originario di Barcellona Pozzo di Gotto, un grosso centro del litorale tirrenico. Un poco di buono, sia come uomo che come marito, attaccato al denaro, tanto da essere pronto a vendere, o a svendere, la moglie e i due figli di cinque e tre anni per il suo interesse personale, disponibile a ogni genere di malaffare per raggiungere i suoi obiettivi. Niente di strano che Stefania avesse cercato un po' di conforto e di piacere tra le braccia di un lontano cugino, anche lui sposato, con il quale aveva un affettuoso rapporto sin dall'infanzia. Non era stata quindi la gelosia, e meno che mai la passione, a portare Gandolfo Scibona, l'ex marito, a cercare e ottenere le prove del tradimento coniugale. Con le foto in mano, aveva facilmente ottenuto la separazione per colpa, evitando così di pagare gli alimenti, e si era trasferito in Germania con la sua piccola azienda di ricambi, dove aveva ottenuto, grazie a contatti non tanto limpidi, di avviare una fruttuosa attività con un tedesco, insieme al quale aveva costituito una nuova società collegata alla sua. In più, ma solo per sfregio e malanimo, e non certo per afflato paterno, aveva portato con sé i due figli, rendendo quasi impossibile ogni contatto con la madre.

«Adesso, tu che hai distrutto la mia vita, mi devi aiutare a ricostruirla. Adesso sono io a ingaggiarti», gli aveva detto Stefania nel bagno. Certo, Baiamonte avrebbe potuto obiettare che non era lui a chiamarsi Gandolfo Scibona, né a essere il proprietario di un'azienda di ricambi (quelli si limitava a osservarli, ammirato, tra le mani del suo meccanico di fiducia, il signor Fiorino), né tantomeno il padre dei due marmocchi segregati in Germania. Invece, in cuor suo, aveva ammesso che comunque qualche colpa ce l'aveva. E si era vergognato ancora una volta dei suoi passati traffici con il maledetto e lercio avvocato, giustificati, ma non assolti, dal sogno di fare il detective. Aveva un debito morale con quella donna, si era detto, e quindi le avrebbe dato una mano. L'avrebbe aiutata a risolvere l'inghippo e a permetterle di guadagnarsi un futuro più sereno con il suo nuovo uomo, il poliziotto timido e tarchiato che le stringeva la mano, il quale, proprio perché poliziotto, era all'oscuro di quanto stava accadendo.

«E tutto, poi, entro mezzanotte, come se fosse una cosa facile... Come se ci trovassimo in una favola di Cenerentola. Quella almeno si sa che finisce bene, qui invece mi sa che finisce a schifìo...», si commiserò Baiamonte guardando ancora una volta l'orologio.

Era riuscito intanto a trovare, in via Stabile, un miracoloso parcheggio per l'auto, una Musa superaccessoriata che ispirava, più che poesie d'amore, consessi carnali: la macchina di Gerry. Enzo, infatti, aveva individuato nel giovane poliziotto della Catturandi la persona alla quale chiedere il favore di prestargli l'auto. Ci aveva visto giusto: Gerry era di indole generosa, e discreta. Non gli aveva fatto storie né domande quando gli si era avvicinato bisbigliandogli la sua richiesta, con un atteggiamento umile ma che faceva appello alla solidarietà maschile. Con Rosa era stato più difficile, ma non tanto, per la balla da inventarle. A improvvisare minchiate era sempre stato bravo: «Il mio amico Nicolino è nei guai», le aveva detto contrito. «Gli è saltato il contatore proprio mentre a casa sua ha come ospiti i parenti del genero. Biagio, il picciriddu, piange come una fontana e non sanno come fare. Mi ha telefonato per chiedermi questo grosso favore: del resto, dove lo trovano un elettricista a Capodanno? Ma non ti preoccupare: me la sbrigo in poco tempo. E pazienza se perdo qualche portata. L'importante è che brindiamo assieme».

No, la cosa più dura era stata invece vedere la faccia di lei, in cui il sorriso si era spento all'improvviso. Si era stretta nervosamente le mani, ma si era ripresa subito, affidandosi a quell'eco di dolore remoto che le era familiare, sforzandosi di tornare a sorridergli: «Va bene, vai. Ma vedi di far presto». E aveva simulato interesse per il maxisistema del Superenalotto che Filippo voleva comporre utilizzando i suggerimenti dei commensali: «Ogni tavolo, una schedina», aveva comunicato il poliziotto. «Ognuno si tiene la propria quota di vincita. Tranne un dieci per cento che ci servirà per mettere in Questura una sala da ping-pong e una piscina. E per pagare la benzina delle volanti». E giù risate.

Fare presto, certo. Ma come? Enzo arrivò a piedi davanti al Grand Hotel Mozart cinque stelle. Scrutò intimorito il palazzo elegante, i riflettori che gettavano una luce gialla e fiabesca sull'edificio, sui balconi fioriti. Guardò il pennone con le bandiere, la porta a vetri rotante, la tenda e il tappeto rosso all'ingresso. Enzo si sentiva inadeguato, fuori luogo. Diede un'occhiata ai suoi vestiti della festa, già stazzonati dal tragitto tumultuoso in auto, perlustrò con lo sguardo le strade intorno e il traffico che si era diradato in attesa dell'esplosione della mezzanotte. Ascoltò il sottofondo dei mortaretti e dei colpi di pistola dei disgraziati, scagliati in cielo come segno di inutile liberazione. Sì, Palermo c'era sempre, stava là. Ma chissà che mondo invece si celava dietro i vetri spessi dell'hotel di lusso...

Inghiottì saliva, cercò di darsi coraggio. E si fece un breve riassunto mentale. Dunque, in quell'albergo, chiuso in una camera, c'era un tale Frank Meyer. Si rifiutava di rispondere al telefono, di avere qualsiasi rapporto con il mondo esterno. Era stato visto al bar dell'albergo tracannare un whisky dopo l'altro, nel primo pomeriggio. Poi si era trascinato ubriaco verso l'ascensore e non era più uscito dalla sua stanza. All'appuntamento che aveva con Stefania in un bar del centro, vicino all'albergo, alle cinque, non si era presentato. E quando la donna, dopo aver inutilmente tentato più volte di contattarlo telefonicamente, e aver appreso le condizioni dell'uomo che cercava, aveva deciso di raggiungerlo in albergo, si era imbattuta in un colpo di sfortuna. Aveva incrociato Franco, il poliziotto con cui si era fidanzata e con il quale voleva rifarsi una vita, che si era presentato in anticipo all'incontro concordato, sempre da quelle parti, per andare insieme alla festa di Baida. Disarmata, imbarazzata, incapace di inventarsi lì per lì una scusa, Stefania si era arresa ed era salita sull'auto del fidanzato. Perdendo così l'occasione per dare una svolta decisiva alla sua esistenza. Quella svolta che solo Frank Meyer avrebbe potuto garantirle. Qui la storia, nel racconto concitato di Stefania in bagno, si era ingarbugliata. Per quel che aveva capito Baiamonte, le cose stavano all'incirca così: Meyer era il socio tedesco di Gandolfo Scibona. Gli affari andavano bene, ma l'ex marito di Stefania si era ben presto rivelato il farabutto che realmente era. Aveva messo più volte con le spalle al muro il tedesco con operazioni spregiudicate e aveva sottratto parte dei guadagni facendosi scudo della posizione privilegiata che si era accaparrata grazie a una serie di cavilli e sotterfugi. Un ruolo decisivo, in questo, l'aveva avuto la piccola azienda fondata in Sicilia ed entrata nel pacchetto azionario della nuova società. Meyer, alla disperata ricerca di un espediente per ribaltare la situazione, aveva scoperto che a Stefania era rimasta intestata, anche dopo la separazione, una quota del venti per cento dell'azienda di ricambi. Forse una distrazione di Scibona, più verosimilmente una voluta omissione per non correre il rischio di dover dare soldi all'ex coniuge. Da qui l'idea del tedesco: aveva contattato Stefania e le aveva offerto una significativa somma in cambio del passaggio di proprietà delle azioni, ottenute le quali sarebbe diventato lui il socio di maggioranza. La proposta era arrivata al momento giusto. La donna non sapeva come onorare la scadenza, entro l'anno, e quindi entro mezzanotte, di una opzione su un negozietto che in passato aveva rappresentato l'attività della sua famiglia: una merceria andata in fallimento e di cui adesso rischiava di perdere anche la proprietà delle mura. Pagando entro l'anno il dovuto, avrebbe potuto riscattare il locale, progettare di riprendere l'attività, sposarsi con Franco e, magari, anche ottenere dal tribunale l'affidamento dei figli. In più, avrebbe potuto vendicarsi dell'ex marito. La somma che Meyer voleva passarle, infatti, sarebbe stata sottratta dal conto corrente che il tedesco aveva in comune con Scibona. Un conto corrente non ufficiale, in cui venivano depositate somme fuori dalla contabilità "in chiaro" della società. Un'operazione non certo corretta, motivo in più per non far sapere niente al fidanzato poliziotto. Ma chi l'avrebbe potuta giudicare male se si fosse ripresa, anche in questo modo, parte di quello che il farabutto le aveva tolto?

L'affare si poteva combinare solo approfittando di quell'ultimo giorno dell'anno: Scibona, infatti, si sarebbe assentato con la sua nuova compagna tedesca per un paio di giorni in occasione del Capodanno. E Meyer avrebbe colto l'occasione per impossessarsi della chiavetta numerica indispensabile per le operazioni bancarie via Internet. Per fugare ogni diffidenza reciproca, avevano stretto questo patto: il tedesco avrebbe spostato sul conto di Stefania 500 mila euro, e la donna, nello stesso momento, avrebbe firmato una carta con la quale cedeva a Meyer la sua quota di società. Tutto studiato alla perfezione, contando anche sul rientro di Scibona in sede, in Germania, a operazioni già concluse. Tutto a posto, se quello scervellato di tedesco non si fosse ubriacato per chissà quale motivo e non si fosse asserragliato nella stanza.

Il riepilogo della vicenda gli aveva fatto bene. E si sentiva pronto a entrare in azione. Enzo gettò per terra il suo toscano ancora fumante e guardò l'orologio come per sincronizzare le mosse successive. Ma di cosa dovesse o potesse fare, se lo confessò, non aveva la più pallida idea. Tirar fuori Meyer dalla sua stanza, certo. Rinfrescargli le idee, sì, portarlo da Stefania e consentire in qualche anfratto, là a Baida, questo lo avrebbe studiato poi, la conclusione felice dell'affare. Va bene, ma come cazzo ci poteva riuscire? Una cosa sola gli era chiara: se quell'imbecille di Meyer, dopo aver fatto tanto, ed essere arrivato sino a Palermo determinato a condurre in porto l'operazione, si era poi ubriacato come un adolescente e aveva mandato tutto a puttane, un motivo lo doveva pur avere avuto. E un motivo serio, anche.

Varcò l'ingresso cercando di darsi l'aria più innocente del mondo. Cosa avrebbe potuto inventarsi se lo avessero bloccato? Che desiderava una stanza? Lui? Nel migliore dei casi lo avrebbero scrutato da capo a piedi con una smorfia e gli avrebbero consigliato di smammare verso la locanda di 'Za Carmela al Borgo Vecchio... O poteva millantare di essere una sorta di rappresentante che voleva illustrare il proprio campionario di champagne? A quell'ora? In piena serata di San Silvestro? No, non funzionava. Meglio andare allo sbaraglio, stavolta.

Nella hall fu raggiunto da un profumo antico e nuovo nello stesso tempo. Antico perché aveva l'odore delle cucine del ristorante di prima classe della Stazione centrale, dove un paio di volte, durante l'infanzia, aveva mangiato con sua madre e suo padre ferroviere, quando ancora esistevano buoni pasto e biglietti gratuiti. Nuovo, perché a quell'odore si era aggiunto un indefinito aroma femminile, di cosmetici lussuosi e inaccessibili, di vite e promesse proibite, di valigie di pelle e risate in sordina. Dal salone alla sua sinistra provenivano invece risate aperte, rumore allegro di stoviglie, tintinnio di bicchieri. I suoni di un'altra festa, dell'*altra* festa, quella di chi non deve preoccuparsi né di buoni pasto né di sistemi di Superenalotto o di rate dell'auto. E forse neanche di mogli e fidanzate. Rosa diventò un ricordo nitido e nello stesso tempo lontano.

Di fronte, dietro il bancone, un uomo sui cinquanta, stempiato, con un paio di occhiali da presbite sul naso, assorto nella lettura di un registro. Indossava una divisa grigia, con il disegno di due chiavi incrociate sui risvolti della giacca: un particolare, quello, che Enzo immaginava fosse solo frutto dell'invenzione della pubblicità televisiva di un caffè dove compare San Pietro come portiere del Paradiso.

San Pietro sollevò gli occhi per scrutarlo e gli rivolse uno sguardo interrogativo ma benevolo, come fosse davvero un sant'uomo. E Baiamonte gli diede fiducia e sbloccò la sua parlantina: «Buonasera. E buona fine. E, tra non molto ormai, buon inizio», disse avvicinando l'orologio al viso senza guardarlo. «Sono venuto per il signor Frank Meyer. Sì, lo so...», proseguì senza dar tempo a San Pietro di articolare suono. «Lo so che il signore non è... bendisposto. Sono stato informato, naturalmente. Ma io avevo l'ordine di venire a prenderlo. E mi sono presentato. Sa, i suoi ospiti, insomma, i signori che lo aspettano, ci tengono molto. Ho l'incarico di aspettare sino all'ultimo, nel caso in cui il signore... ecco, cambi idea. Magari si riprende... No, non intendo chiederle di disturbarlo di nuovo in camera, per carità, ma se è possibile, ecco...».

«Se vuole aspettarlo, faccia pure, si accomodi», parlò finalmente l'uomo in divisa, con il sorriso di chi, in Paradiso, ne ha viste e sentite di cotte e di crude.

Venti minuti dopo, Enzo centellinava beato il suo caffè con San Pietro, proprio come nella pubblicità. Nel senso che aveva già talmente familiarizzato con il portiere di notte che la proposta di due tazze fumanti era sembrato un passaggio naturale della loro conversazione. Baiamonte aveva innanzitutto sollecitato la solidarietà tra lavoratori («Tutti e due impegnati anche a Capodanno, una bella camurrìa, eh, mentre gli altri si divertono...»), poi era passato ben presto al tu e alla radiografia della loro palermitanità («Io della Zisa, e tu? Della Noce? Ma non mi dire, allora siamo cugini...»), quindi aveva rintracciato reciproche conoscenze alla lontana o parentele di distanza siderale («Che ci vuoi fare, in quei quartieri, gira vota e firrìa, siamo tutti una stessa famiglia, per parte di un cugino o magari di un macellaio in comune»), e quindi si era lasciato andare alle confidenze melanconiche: «Ti devo dire una cosa, Pietro, no, scusami, Giuseppe. Io stasera ci tenevo a finire in tempo e a portare la mia fidanzata a brindare a Mondello, a vedere dalla spiaggia i fuochi nel cielo. Le avevo promesso che quest'anno la portavo a una festa, di quelle vere, belle, come quella che stanno facendo nella sala accanto. Ma lo sai com'è la vita, magari tra due, tre anni, se le cose girano per il verso giusto... Almeno speravo di fare questa cosa in due: che poi, dimmi tu, cosa c'è di più romantico di un bacio sulla sabbia, con le luci di Mondello intorno e l'odore del mare che ti arriva vicino ai piedi? Forse i signori qui accanto queste emozioni manco se le sognano».

San Pietro, insomma, Giuseppe, si era intenerito, aveva parlato pure lui delle sue difficoltà in famiglia («Mia moglie dice che sono l'unico coglione che si è fatto incastrare l'anno scorso la notte di Natale e quest'anno quella di Capodanno») e si era offerto di chiamare nuovamente in camera Meyer.

«No, aspetta, non precipitiamo», aveva ribattuto accorto Baiamonte, che le sue carte voleva giocarsele al meglio. «Cerchiamo invece di capire che cosa gli è preso».

E avevano ricostruito assieme le ore trascorse da Meyer a Palermo. Era arrivato in albergo in tarda mattinata, e in apparente forma. Aveva mangiato in sala ristorante una bistecca con patate, innaffiata da un calice di Merlot. Si era ritirato in camera, per un'ora, poi era sceso al bar e aveva ordinato un caffè corretto. E lì c'era stata la svolta. Frank era andato da Giuseppe-San Pietro («Sono qui già da mezzogiorno e finirò domattina alle otto: a Capodanno facciamo i turni lunghi») per chiedergli di chiamare un numero fisso in Germania, dato che il suo telefonino era quasi scarico. Dalla cabina, dopo dieci minuti di conversazione, Meyer era uscito visibilmente alterato. Ed era andato a ordinare un primo whisky. Poco dopo, si era ripresentato per avanzare analoga richiesta: stessa telefonata, lunga, e alterazione crescente. Il ping-pong tra cabina e bancone del bar si era ripetuto almeno cinque volte, sino a quando il tedesco, con una bottiglia in mano, si era trascinato verso l'ascensore per raggiungere la sua stanza, dalla quale non era voluto più uscire.

«Dopo di che, ha telefonato più volte una signora italiana, che si è presentata col solo nome, Stefania, chiedendo di lui...».

«Sì, la signora Stefania, quella che mi ha mandato qui a prenderlo», confermò Baiamonte.

«Ma, come sai, Meyer mi ha bofonchiato qualcosa e ha interrotto la comunicazione».

«È chiaro quindi che a turbare il nostro amico siano state le telefonate in Germania. Ma chi rispondeva all'altro capo del filo?».

«Non te lo so dire. Al segnale di libero ho passato ogni volta la linea al nostro... amico, come dici tu».

«Mi faresti fare un tentativo?».

San Pietro, che si era già rivelato, uomo o santo che fosse, perspicace, lo fissò per qualche secondo, soppesando l'idea. Poi, tirò fuori un foglio e disse sbrigativo: «Infilati in cabina, che ti passo il numero... ma tu conosci il tedesco?».

«Beh», rispose Baiamonte preso in contropiede, «me la cavicchio... ma, Giuseppe, sei proprio sicuro che a questo numero rispondano in tedesco?».

Sì, rispondevano in tedesco. E Baiamonte, naturalmente, non se la *cavicchiava* proprio: non ci capiva un beneamato cazzo. Ma riuscì a percepire due verità. Uno: la persona che parlava era una donna. Due: la donna doveva essere incazzata di brutto perché ancor prima di sentire la voce di Enzo, avendo visto dal prefisso che la telefonata proveniva da Palermo, e quindi da Meyer, aveva cominciato a urlare una serie di frasi che, anche senza capire niente di tedesco, Baiamonte avrebbe potuto tranquillamente tradurre. Un risultato in mano comunque l'aveva: l'amico Frank non era rimasto stravolto da una comunicazione di lavoro. Tutto lasciava intendere che la storia era sempre quella: *storia di fimmine*, come avrebbero sentenziato i suoi amici di scopone.

«Giuseppe, una cortesia...». Baiamonte fece capolino dalla cabina con la faccia più tosta che aveva. «Potresti rifare il numero? È caduta la linea».

Enzo aveva sperato che si verificasse proprio ciò che a quel punto accadde: la donna, fuori di sé, aveva inserito la segreteria telefonica. Tese l'orecchio: una sola parola gli risultò distinguibile nel messaggio. Un nome, Greta. E un probabile cognome che sembrava iniziare con la stessa pronuncia siciliana di *scimunito*, sch... non si sa cosa. Ebbene, si disse Baiamonte, vediamo adesso se questa Greta ci può fare da passepartout. E si soffermò in cabina con il microfono in mano a comunicazione ormai interrotta.

«Che ti ha detto, che ti ha detto?», lo accolse San Pietro, ormai del tutto compenetrato nella vicenda.

«Beh...», improvvisò Baiamonte, «ha risposto una signora piuttosto arrabbiata. Dice che non vuole che Meyer faccia questa brutta figura con i suoi ospiti palermitani. E desidera che io cerchi in tutti i modi di tirarlo fuori dalla camera e di rimetterlo a posto».

«E vi siete detti tutte queste cose in tedesco?».

«In tedesco, in tedesco... magari con qualche parolina di inglese e anche d'italiano... piuttosto, Giuseppe», virò abilmente Enzo, «mi è venuta un'idea. Una cosa che potrebbe risultare comoda pure a me. Io farei venire qui la mia fidanzata. A parte il fatto che lei il tedesco lo conosce bene perché è stata emigrata per qualche anno con la famiglia, mi potrebbe anche essere d'aiuto per fare uscire il nostro amico. Sai, una presenza femminile è più convincente... E così poi, se Meyer lascia la stanza, io mi ritrovo già con lei e non mi perdo il brindisi a Mondello. Se invece il tedesco non ne vuole sapere, pazienza. Almeno me ne vado da qui in compagnia... Un ultimo favore, mi chiami... No, questa telefonata è meglio che la faccia io, col mio cellulare. Scusami un attimo».

Baiamonte riconquistò la strada. Si respirava già l'odore acre dei mortaretti, della polvere da sparo. Dall'intensità delle luci delle finestre che poteva scorgere avrebbe potuto fare l'elenco di chi stava festeggiando e sbafando in comitiva e di chi, invece, quella notte l'avrebbe trascorsa in coppia solo con il televisore. Aprì il suo taccuino e cercò un nome. Poi compose un numero, incrociando le dita.

«Pronto?», fece una voce femminile, allegra, dopo un'interminabile serie di squilli che a Enzo aveva fatto temere il peggio.

«Katiuscia...», sussurrò Enzo. Poi, accorgendosi che i rumori di fondo di una festa impedivano alla sua interlocutrice di sentirlo, alzò il tono della voce ripetendo il nome. «Katiuscia, sono Enzo, Enzo Baiamonte, l'amico di Massimo Lo Cascio, ti ricordi di me? Ci siamo visti l'ultima volta in occasione dell'addio al celibato del nipote di Massimo. E poi, quell'altra volta, nel suo villino di Punta Raisi... E tu mi hai dato il tuo numero di cellulare...».

«Ah, sì, mi ricordo benissimo, cocco mio», disse quella con un tono affettato e ironico. «Ma ci hai perso tempo, caro. Te lo puoi levare dalla testa: io stanotte non lavoro. Avrò diritto pure io a festeggiare con gli amici...».

«Ma no, cosa hai capito?», si giustificò Enzo rendendosi conto però che secondo logica c'è poco da capire se un uomo telefona di sera alla squillo di cui possiede il numero. «Io ho bisogno di un grosso favore, di pochi minuti. E ben pagato, non ti preoccupare».

E cominciò a dare fondo a tutto il suo talento creativo, inventandosi lì per lì una storia di vita, morte e amore, che ruotava intorno al povero tedesco. Si trattava di un pronto soccorso per salvare un'intera esistenza, disse con enfasi, di dare aiuto a un disperato in ambasce pronto a gesti estremi.

«E poi», aggiunse come stoccata finale «dove la posso trovare, fra le tue colleghe, una persona fine ed elegante come te, e colta per giunta, che conosce pure il tedesco?».

Insomma, tanto la girò e la rigirò, tanto la blandì e la adulò, che Katiuscia, che si trovava a una "festicciola" organizzata da un amico dalle parti di piazza Massimo, gli assicurò che sarebbe arrivata nel giro di pochi minuti: «Una cosetta rapida, però, eh?», sottolineò.

«Ricordati, tu vieni qui a raggiungermi perché sei la mia fidanzata».

«Certo, cocco».

E per fortuna, si disse Enzo, che ho la sana abitudine di conservare i numeri di tutte le persone che conosco, compresi quelli delle signorine che ogni tanto Lo Cascio frequenta. Niente di male, aggiunse come se dovesse giustificarsi ai suoi stessi occhi, solo un po' di ben di Dio da vedere. E il numero, continuò, mica l'ho accettato per adoperarlo davvero. Poi si fermò per ammettere: certo, se non avessi incontrato Rosa...

Katiuscia fu di parola: arrivò in un baleno. E anche in splendida forma. Vestito rosso aderente ma non sguaiato, capelli biondo naturale sciolti sulle spalle, trucco discreto diretto a valorizzare i suoi occhi chiari ma vivi, una spruzzata di lentiggini e strass sulle gote abbronzate a dispetto della stagione: una siciliana di discendenza normanna, nel fisico e nell'aspetto guerriero, perfetto per le tenzoni d'amore. Diede un bacio sulla guancia di Enzo, da buona fidanzata, e rivolse un saluto a San Pietro che, sconsolato, con il microfono in mano, comunicava l'ennesimo risultato negativo dei suoi tentativi di contattare Frank Meyer.

«Presentiamoci direttamente davanti alla camera», fece Katiuscia, sbrigativa come il suo mestiere le imponeva. «Riusciremo a convincerlo ad aprirci la porta».

«Beh, ragazzi», intervenne San Pietro, costretto a riprendersi l'identità di Giuseppe. «Mettetevi nei miei panni. Io non posso fare di più. Siete due persone simpatiche e perbene, certo. Ma se vi faccio salire su, senza autorizzazione, io rischio di brutto. Ci vuole solo che mi ritrovi senza lavoro a Capodanno...», e allargò le braccia per lasciar intendere che la storia, per quanto lo riguardava, finiva lì.

Una risata corale, proveniente dalla sala ristorante, sembrò commentare la fine della commedia. Negli occhi di Baiamonte, un lampo di sconforto. Si era verificato quel che aveva temuto: che San Pietro, costretto a scegliere tra umano e divino, optasse per l'obbedienza all'Onnipotente datore di lavoro. Cercò nel suo cervello, alla disperata, un colpo di teatro che potesse bloccare l'imminente chiusura del sipario. E in quell'istante sentì nell'orecchio il fiato sensuale di Katiuscia che gli sussurrò: «Fammi provare una cosa».

La ragazza si allontanò di qualche metro, chiedendo agli altri due un attimo di pazienza, e cominciò a parlottare al suo telefonino. E poco dopo si avvicinò a Giuseppe, con un sorriso sardonico, per porgergli l'apparecchio.

Il portiere, perplesso, pronunciò il suo «Pronto?», e cambiò subito espressione e postura.

«Sì, certo... Ma si figuri... Non deve pensare che... È mio dovere... Non mi deve affatto ringraziare... Sempre a disposizione».

Restituì il telefono a Katiuscia e disse: «Camera 207. Ma non chiedetemi pure la chiave. E che Dio ve la mandi buona».

«Ma come cazzo hai fatto?», chiese esterrefatto Baiamonte durante il tragitto in ascensore.

«Eh, cocco, ne ho fatta un bel po' di carriera, da quella volta che t'ho dato il mio numero... Te l'avevo detto che mi trovavo a una festa a casa di amici. E tra gli ospiti c'è anche un *onorevole* amico che, guarda caso, è anche tra i proprietari di questo alberghetto... Me lo ha ricordato proprio poco fa quando gli ho detto che dovevo fare un salto qui...».

Baiamonte si limitò a sorridere. Raggiunsero la porta della 207. Dall'interno proveniva il suono di una musica ad alto volume. Bussarono, senza alcuna risposta. Quell'imbecille di Meyer doveva essere andato del tutto fuori di testa. O si era accasciato sul letto pensando di trovarsi tra i violini del Paradiso.

«Meyer, Meyer, Frank...», riprovò Enzo bussando e alzando il più possibile il tono della voce.

«Herr Meyer, bitte...», ci provò pure Katiuscia. Ma non accadde nulla.

Baiamonte diede un'occhiata alla porta. Per entrare, occorreva fare uso di una card elettronica, che faceva scattare la serratura e permetteva poi, dopo un ulteriore inserimento dentro la camera, di guidare tutti i comandi elettrici. Una diavoleria moderna, sulla quale non era molto preparato: «Ma anche questi affari d'oggi, per funzionare, hanno bisogno di normale elettricità», rifletté. E si diede subito da fare, assicurandosi che non ci fosse nessuno in circolazione. Tirò fuori dal taschino della giacca l'inseparabile cacciavite, e smontò la scatoletta esterna della porta, cercando di capirci qualcosa. Tentò di far leva su qualche cavetto, senza procurare eccessivi danni, poi di creare un possibile corto circuito. Ma dovette rinunciare all'impresa. Si guardò intorno, raggiunse la fine del corridoio, ne ispezionò ogni angolo. E scorse, sopra un idrante antincendio, una piccola vetrina. Dentro, come aveva immaginato, c'erano i contatori delle singole camere di quel piano. Ognuno con la sua bella etichetta in evidenza che riportava il numero della stanza. Il primo impulso fu quello di forzare la serratura. Poi si ricordò della vecchia, cara, regola. Tastò il tetto della vetrina e le sue dita, in trionfo, toccarono una chiavetta. Il resto fu semplice come bere un bicchiere d'acqua. Pochi secondi dopo, sulla camera 207 calò il silenzio.

Enzo e Katiuscia tornarono alla carica. Ci vollero quattro bussate vigorose, qualche Frank di qui e qualche Meyer di là, e soprattutto un nome ripetuto con insistenza: «Greta, Greta..., hier, hier». Finalmente, da dietro la porta, arrivò il suono di una voce impastata e di un paio di grugniti.

«Non ce la fa, non ce la fa ad alzarsi», sentenziò Katiuscia interpretando i rumori o, forse, rivelando un sorprendente talento di traduttrice.

Ma Enzo a quel punto era inarrestabile. Tirò fuori il portafogli ed estrasse un rettangolino: «Ringraziamo le antiche, sane, abitudini di Mariano», disse fra sé e sé. E studiò il calendarietto di plastica flessibile di cui, ogni anno, puntualmente prima delle feste, il suo amico tabaccaio lo omaggiava in ottemperanza alla tradizione del suo negozio.

Introdusse il calendario nella stretta fessura della porta e dopo aver armeggiato un po', fece leva. Si sentì lo scatto della serratura. Entrarono d'impeto nella stanza, rischiarata solo dalla luce esterna che proveniva dalle imposte aperte.

La sagoma di un uomo imponente si stagliava sul letto. Nell'ambiente un puzzo di alcol e di vomito. Katiuscia si premurò di spalancare la finestra. Enzo tornò sui suoi passi per rifare velocemente l'operazione al contrario, e far tornare la corrente. Quando rientrò in camera, constatò che Katiuscia non aveva perso tempo: si era seduta sul letto accanto al tedesco e lo accarezzava in volto con una mano mentre con l'altra cercava di ravviargli i capelli quasi del tutto bianchi. Ma, nonostante la chioma rivelasse una certa età, per il resto Frank Meyer, o almeno quello che di lui si riusciva ad apprezzare, visto lo stato pietoso in cui versava, era ancora un bell'uomo. Alto almeno un metro e novanta, robusto e muscoloso, ed elegante: i vestiti stazzonati che aveva addosso non nascondevano la loro costosa provenienza. L'ambiente, osservò Enzo, era in totale disordine: indumenti sparpagliati, oggetti rovesciati e, dal bagno in condizioni pietose, un puzzo insopportabile. Sulla scrivania, una valigetta semiaperta con un computer e una pila di fogli.

«Greta, Greta...». Meyer aveva aperto gli occhi e accarezzava incantato il viso di Katiuscia e, un attimo dopo, anche il seno, che, data la sua prominenza, distava da lui solo pochi centimetri.

«Ma questo è andato del tutto... o ci fa?», bofonchiò Baiamonte. Però il suo compito, si disse subito, non era certo quello di vigilare su Katiuscia. La ragazza non aveva bisogno di balie. «Dai, cerchiamo di rimetterlo in piedi» concluse.

«E come pensi di fare?», chiese la donna. «Ha un alito che neanche nella taverna di Ballarò...».

«Un sistema ci sarà», incalzò Baiamonte, che si era già spazientito.

«Sì, l'unico che conosciamo tutti e due. Prendilo per le braccia e portiamolo in bagno».

Per fortuna Meyer, che continuava a biascicare parole incomprensibili e con la mano afferrava l'aria nell'intento di riprendere contatto con il petto di Katiuscia, non oppose resistenza. Dopo un paio di minuti era in ginocchio davanti al water, con la bocca in posizione strategica.

«Arrivo subito», disse la ragazza. E riapparve di lì a poco con una tazza di caffè e due bottiglie d'acqua. «Diamogli questo». E porse la tazzina a Enzo.

«No, aspetta», lo bloccò Katiuscia. E versò una manciata di granelli bianchi nel caffè.

«Ah, pure lo zucchero, ora?», si lamentò Baiamonte. «E perché non anche una bella genovese con la ricotta?».

«Scemo, quello che ho messo non è zucchero, ma sale».

La sottile differenza fu subito evidente. Meyer, dopo il primo sorso, cominciò a dar vita a un appassionato corpo a corpo con il water. Enzo si ritirò schifiltoso e non riuscì a far niente di meglio che indirizzare sulla testa del tedesco lo spruzzo del telefono della doccia, provocando imprecazioni che si abbinarono ai gorgoglii e agli spasmi. Katiuscia, più maternamente, gli sorresse la fronte. Poi, quando gli effluvi stavano cominciando a ubriacare pure lei, e Frank sembrò più vigile, abbandonò anche lei il bagno.

«Ora glielo spieghi tu che non sono Greta?», disse a Enzo con un sorriso.

«Speriamo che non prenda me per Greta», rispose beffardo Baiamonte. «Piuttosto, raccontagli che abbiamo contattato la sua bella», continuò Enzo con un ammiccamento d'intesa. «Io in tedesco non saprei come fare...».

«Capisco benissimo italiano», fece Frank Meyer emergendo dal bagno con un asciugamani bagnato sulla testa.

«Eh, già», rifletté Baiamonte. «Sennò, come cavolo facevi a metterti d'accordo con Stefania, col traduttore istantaneo dell'Interpol?».

Katiuscia versò dell'acqua in un bicchiere e lo porse al tedesco con un approccio subito confidenziale: «Prenditi queste due aspirine. E poi vedi di bere a poco a poco almeno due litri».

Quindici minuti dopo, Meyer sembrava un altro. Non era del tutto pronto per un Oktoberfest, ma per concludere l'affare, valutò Baiamonte, forse sì. Katiuscia, che si rivelò abilissima anche in questo genere di manipolazione, raccontò in tedesco a Frank una storiella concordata rapidamente con Enzo durante un'altra visita di Meyer in bagno, stavolta meno drammatica. Greta, gli disse, aveva telefonato in albergo, preoccupata dopo il turbolento litigio, e quando aveva saputo che in camera non rispondeva nessuno, aveva insistito perché fosse chiamato un medico.

«Mi trovavo al ricevimento qui...» spiegò Katiuscia. «E quando in sala ristorante è arrivato il portiere per chiedere se fosse presente un medico, mi sono fatta avanti io. Anche se sono soltanto un'infermiera specializzata, ho una lunga esperienza di pronto soccorso. E, come vedi, non è stato difficile», concluse sorridendo.

«Sì, già fatto», rispose poi alla inevitabile richiesta di Meyer. «Ho telefonato subito a Greta per rassicurarla che si trattava di una semplice sbornia. Mi ha spiegato che preferisce non parlarti subito, per non turbarti. Vuole che tu adesso sbrighi con calma i tuoi affari e ti vada a riposare. La chiamerai domattina».

Tanto, domani mattina, rifletté Enzo, quel che deve accadere sarà già accaduto, nel bene e nel male. E quando Meyer scoprirà che gli abbiamo raccontato un mucchio di cazzate, potrà prendersela solo con se stesso. Chi lo rivedrà più?

«E adesso muoviamoci», disse in tono perentorio Baiamonte, che aveva subito adottato nei confronti del tedesco il tono confidenziale di Katiuscia. «Non abbiamo molto tempo. Stefania ti aspetta, ma in un posto diverso. Ti spiegherò tutto io durante lo spostamento in auto. Piuttosto, te la senti, vero, di salire su una macchina?».

«Sicuro, tutto ok», farfugliò il tedesco, ancora in evidente stato semiconfusionale. «Dobbiamo concludere, assolutamente».

E perché non ci pensavi prima, grande testa di cavolo, commentò mentalmente Enzo, così ci evitavamo tutto questo gran casino?

Katiuscia, intanto, aveva iniziato ad aiutare Meyer a cambiarsi d'abito. Gli effetti della sbornia resero necessario che il tedesco si spogliasse completamente, mutande e calzini inclusi. E Baiamonte, che assisteva all'operazione a distanza, decise a un certo punto di approfittarne per mettere in pratica un'altra sua idea. Che avrebbe potuto tornargli comoda.

«Ciao, cocco», lo salutò con un bacio Katiuscia, una volta varcata la porta esterna dell'albergo e dopo un rapido commiato con San Pietro accompagnato da un segno di vittoria reciproco.

«Aspetta un attimo», le sussurrò Baiamonte. «Dobbiamo parlare del tuo compenso».

«C'è tempo per quello», tagliò corto la ragazza. «Ci sentiamo, no?».

«Certo», le fece Enzo, con un sorriso offuscato dalla preoccupazione legata all'idea di rivederla. E poi, rivolto al tedesco: «Aspetta qui, arrivo subito con la macchina. Il computer e le tue carte li porto io».

E Meyer, dopo un attimo di titubanza, si arrese. Pochi minuti dopo, la Musa prestata dal poliziotto della Catturandi sfrecciava lungo via Leonardo da Vinci diretta a Baida.

«Non voglio farmi gli affari tuoi. E non voglio sapere niente di quello che tu e Stefania dovete combinare assieme», spiegò Enzo in tono pacato. «A me interessa soltanto portarti a destinazione. Andremo in un locale dove è in corso una festa. Tu aspetterai in macchina, dove ti raggiungerà Stefania. Fate quello che dovete fare, il tuo computer si collega al volo, no, oppure ti devo pure trovare una presa elettrica? E poi... ognuno al proprio destino».

Ma a quel punto, rifletté Baiamonte, che ne farò del tedesco? Mica glielo posso far trovare come regalo di Capodanno a Gerry... Insomma, tagliò corto, poi si vedrà. Con tutti i soldi che ha, si potrà anche prendere un taxi... Sempre che ne trovi uno disponibile, a San Silvestro...

E guardò preoccupato l'orologio. Mancavano pochi minuti alle undici: ce l'avrebbe fatta Stefania a completare in tempo la sua operazione? A ogni buon conto, spinse sull'acceleratore e raggiunse la rotonda da cui si biforcava la strada per Baida. Da lì a cinque minuti, ormai, sarebbe arrivato.

Quando imboccò l'ultima salita che portava al locale, dopo la curva, gli arrivò attraverso lo specchietto retrovisore il riverbero delle luci abbaglianti di un'auto che – lo realizzò solo in quel momento – lo stava seguendo da un po'. Ma non ebbe il tempo di approfondire il suo sospetto.

«Scheisse!», urlò Meyer, che da un po' frugava nella borsa del computer.

Baiamonte sobbalzò: «Che cazzo succede?».

«Scheisse! Scheisse... Insomma, cazzo!».

«Ah, e parla cristiano... Appunto, che cazzo succede?».

«La password!».

Enzo arrestò l'auto all'inizio del parcheggio e diede un'occhiata al foglietto che il tedesco gli sventolava sotto il naso, agitatissimo. E si rese presto conto della situazione: Meyer aveva portato con sé il computer, la chiavetta numerica per l'operazione bancaria, e il foglietto con la password, trascritta per non dover fare affidamento su una memoria già precaria senza l'aiuto dell'alcol. Solo che, nella concitazione dei bagordi con il whisky, il liquore, caduto sulla carta, aveva reso illeggibile buona parte del codice alfanumerico. Si intravedevano solo i primi due numeri, uno e nove, e l'asta trasversale di una lettera.

«Non te la ricordi proprio?», chiese sgomento Baiamonte con una voglia irrefrenabile di afferrare il tedesco per il bavero della giacca e malmenarlo. Ma dubitava che il sistema avrebbe portato giovamento alla sua memoria.

«No, niente, Scheisse... So soltanto che ci vogliono otto fra lettere e numeri e noi ne abbiamo solo due...».

«Ma non ti viene in mente neanche se quelli che mancano sono numeri o lettere, una parola magari...».

«No, no. Dopo i due numeri c'è una lettera, vedi quella linea...».

«Sì, a questo ci ero arrivato anch'io. E poi?».

«Niente, niente, non ricordo... Mi dispiace. Ho ancora la testa molto confusa...».

«Eh, già. Tanta fatica per niente. Adesso io vado a chiamare Stefania e te la vedi con lei... Tu rimani in macchina...».

«Aspetta! Mi torna adesso un particolare. La password l'ha scelta Scibona. E quel giorno mi ha detto che aveva adoperato una parola che lo faceva divertire. Una parola che gli ricordava l'infanzia, i giochi del suo paese».

«Buonanotte! E adesso cosa c'è, un indovinello per la pagina della Sfinge? Vabbè, facilissimo... Lo proporrò ai miei amici della "Settimana Enigmistica"». E Baiamonte, scornato, si avviò verso il locale. Avrebbe chiesto a uno dei camerieri di chiamare Stefania, per non farsi notare da Rosa o da Inguaggiato, avrebbe accompagnato la donna da Meyer e nel frattempo le avrebbe spiegato: «Come vedi io ce l'ho messa tutta, te l'ho anche portato qua. Ma più avanti di così non posso andare, mi dispiace…».

Del resto, che cosa avrebbe potuto fare? Frugare, tirando a indovinare, tra i ricordi d'infanzia di Scibona come fosse uno *pissicanalista* o uno stregone? Una parola che lo faceva divertire… Per quel che aveva capito del personaggio, l'umorismo dell'ex marito di Stefania poteva benissimo attivarsi su termini come "cancro", oppure "massacro" o, ancora meglio, "fottere", in tutti i sensi possibili.

No, doveva arrendersi. Adesso meglio passare la patata bollente a Stefania e salvare almeno il brindisi con Rosa. Passò furtivo dietro la vetrata del locale per non farsi scorgere dai suoi amici prima di aver ultimato la missione. In sala, il banchetto era ancora in fervido svolgimento. Ma l'atmosfera appariva più languida, meno formale. C'era chi non mollava la presa delle stoviglie e continuava a gozzovigliare senza più ritegno, chi si era alzato, allentando la cintura dei pantaloni, per raggiungere un amico o un collega da un'altra parte della sala, chi si avvicinava pericolosamente a una ragazza con un movimento delle mani eccessivo, segno di uno stato di ebbrezza. E chi invece seguiva il discorso di un vicino con la testa visibilmente altrove, e chi si guardava sperduto in giro, rimpiangendo l'intimità domestica. Scorse Filippo, sorprendentemente serio, mentre annuiva, con ampi movimenti del capo, a uno dei colleghi che aveva intravisto in Questura. Non riuscì a individuare Rosa: il suo posto a tavola era vuoto, così come quello della salernitana. Per un attimo schiacciò il viso sul vetro, come incantato dalla scena silenziosa della festa, di cui, in realtà, arrivava qualche rumore in sordina che rendeva più irreale la visione. Gli sembrò di essere il monello di una celebre sequenza di Chaplin. O, più semplicemente, l'Enzuccio di tanti anni prima, che guardava con stupore le luci in festa dei negozi di corso Olivuzza in un tripudio natalizio di salami e fichi secchi.

Si riscosse dal torpore, con un leggero scatto, udendo delle voci accanto, nel buio. C'erano due giovani, sulla trentina. Erano usciti dal locale per fumarsi in pace una sigaretta. Non tanto in pace, in effetti, perché erano intenti a battagliare sulle prestazioni delle loro moto di grossa cilindrata. Con la consueta e affettuosa animosità palermitana.

«Che minchia dici che, col tuo motore tarocco, riesci a fare 140 sulla salita di Monte Pellegrino...».

«Stronzo, non lo sai che l'altra notte con Ciccio siamo partiti dalla Favorita...».

«Ma senti, a proposito di Ciccio, l'ha pagato poi quel debito di poker che, se non sbaglio, era proprio di 140... euro?».

«Lo pagò, lo pagò, non so come, ma lo pagò. Capace che si fece dare un anticipo o andò a bussare di nuovo alla cassa di sua sorella, disgraziata... Certo che con un full d'assi in mano pensava di rifarsi sicuro, all'ultimo colpo. E invece quel figlio di buttana di Enrico ci aveva il colore...».

Baiamonte si allontanò, ma l'eco della conversazione gli aveva acceso, senza che ancora se ne rendesse conto, un piccolo lumino in testa. Destinato a diventare un lampo. Raggiunte le cucine dalla porta di servizio, aveva dato istruzioni al cameriere indicando Stefania, in piedi sulla soglia della sala. Gli aveva sganciato una banconota da dieci euro per comprare la sua discrezione e aveva atteso che la donna lo raggiungesse. E quando lei era arrivata, il lampo era esploso. Aveva rapidamente comunicato a Stefania che Meyer l'aspettava nella Musa blu posteggiata in fondo. E che cominciassero pure a parlare, nella speranza che un piccolo intoppo potesse risolversi.

La sua intuizione era un azzardo, certo. Ma, a parte che proprio di azzardo si trattava, che gli costava a quel punto provare?

Chiamò con il suo telefonino Mariano: «Auguri, Mariano, tutto a posto? E Nicolino, a posto con la corrente elettrica? Che dico? Già, questa non la puoi sapere, poi te la racconto... Sì, superate 'ste camurrìe di feste, riprendiamo le nostre giocate... Anzi, a proposito, me lo daresti il numero di tuo cugino Casimiro... Sì, ora, perché, lo disturbo? Ah, sarà sicuramente a giocare al circolo? Meglio, perché... Poi ti spiego pure questo... Dammi il numero di 'sto circolo, allora? Come, *corra frate*? No... Corda fratres?».

«Peccato che questa non la posso raccontare a Rosa», fu il primo pensiero di Enzo dopo la conversazione telefonica con Casimiro. A Rosa no, avrebbe dovuto giustificare tutte le bugie della serata. Ma ai suoi amici di scopone, sì, eccome. Sarebbe stato il protagonista assoluto di una serata. L'avrebbe ricostruita all'incirca così: «Sentite, io stavo lì a tormentarmi il cervello in quell'impresa impossibile. Avevo a disposizione due numeri e un gioco d'infanzia. Poi ho sentito parlare per caso di motori tarocchi e di poker, e così mi sono venute in mente un paio di cose: che Scibona era originario di Barcellona Pozzo di Gotto. E che il cugino di Mariano, Casimiro, è un campione di un certo gioco che si fa solo lì...».

«Non solo lì», avrebbe precisato, pignolo, Mariano. «Il mazzo speciale di carte si trova anche in altri tre paesi: Tortorici, Mineo e Calatafimi».

«Sì, vabbè, come dici tu» avrebbe tagliato corto Baiamonte.

Il gioco in questione era quello del Tarocco siciliano, praticato solo in quei quattro paesi e del tutto sconosciuto altrove. Uno dei tanti misteri dell'isola... Un gioco dalle regole complicatissime che poteva trasformarsi in un micidiale meccanismo d'azzardo, altro che poker... E l'azzardo, insieme ad altre cattive compagnie, era stata la scelta di vita fatta da Scibona sin dall'infanzia...

Insomma, avrebbe spiegato Enzo, ho telefonato in quel circolo dove, manco a dirlo, i giocatori più incalliti stavano festeggiando l'arrivo del nuovo anno con una bella partita di Tarocco, e ho chiesto a quale degli Arcani corrispondesse il numero 19... Tombola, no, tarocco! Il 19, mi ha spiegato Casimiro, è il numero di Atlante... ma poi, per fortuna, ha aggiunto: noi, qui, lo chiamiamo *'A Badda*.

'A Badda, la palla, per far riferimento al globo sulle spalle di Atlante. E anche per alludere alle *badde*, alle balle, alle menzogne, alle prese per il culo, al repertorio che in Scibona suscitava divertimento e nostalgia... Sei lettere, *'a badda,* sì, da accoppiare a quel 19...

Restava solo da verificare la fondatezza della sua intuizione con Meyer.

«*'A Badda* ti dice niente?», gli chiese. E subito il tedesco si illuminò, guardandolo con ammirazione, quasi con le lacrime agli occhi. Poi scese dall'auto e lo abbracciò a lungo, mettendo in imbarazzo Enzo, che non vedeva l'ora di chiudere al più presto tutta la faccenda.

Dopo la stretta di Meyer fu la volta di Stefania. La donna si avvicinò a Enzo, lo schiacciò contro la carrozzeria della Musa e, traendone ispirazione, gli fece sentire il suo corpo baciandolo con la bocca dischiusa: «Grazie», sussurrò, e si allontanò lasciandolo interdetto.

«Neanche questa potrò raccontare a Rosa», si disse Enzo. Ma fu subito distratto da un'incombenza pratica: «Adesso devo rispedire il tedesco al mittente prima di potermi rilassare».

Lo guardò. Quell'omone di un metro e novanta con la faccia disorientata e ancora arrossata dal whisky, gli fece quasi tenerezza. Tra poche ore, pensò, avrebbe scoperto che la sua Greta non lo aveva affatto perdonato e che gli era stata raccontata una balla, appunto... un mucchio di pietose bugie. Pietose, beh... diciamolo pure, ciniche e opportunistiche fandonie. Enzo stava quasi pensando di sfidare il mondo intero e di portarselo dentro, a festeggiare con tutti gli altri, magari suggerendogli un brindisi analcolico, quando a pochi metri da loro si fermò una berlina scura con gli abbaglianti accesi e l'inconfondibile calotta blu della polizia sul tetto.

«Cazzo, la macchina che ci seguiva... Vuoi vedere che adesso ci sono rogne?».

Lo sportello posteriore si spalancò e ne emerse una figura femminile:

«Ciao, cocco! Ti piace la sorpresa?».

«Katiuscia! Che ci fai qui? E con una macchina della polizia...».

L'auto, si chiarì, era quella di scorta dell'amico *onorevole*. Ed era stata messa a disposizione della ragazza sin dal primo tragitto, quello dalla festa all'albergo. Katiuscia aveva ottenuto il permesso per un ulteriore diversivo. Si era troppo intenerita per le sorti di Frank, ammise, e aveva deciso di vedere come andava a finire. Magari per portarselo con sé e aiutarlo a dimenticare, nel corso della notte, la famosa Greta.

«E magari per spillargli un po' di soldi», aggiunse malignamente dentro di sé Baiamonte, osservando però che in fin dei conti non c'era niente di male. Anzi, Meyer avrebbe sicuramente gradito. Pensò piuttosto di proporre al poliziotto alla guida della berlina di unirsi ai colleghi della festa di Baida e mandare a fare in culo la coppietta e soprattutto l'onorevole che abusava dei suoi servigi.

«Ciao cocco, allora, a presto», lo anticipò la ragazza.

«Ciao, Caterinuccia...», salutò di rimando Baiamonte. E finalmente fu solo. Stava per rientrare in sala quando sopraggiunse di corsa Stefania.

«Che altro c'è?», si chiese allarmato non si sa se dal timore di un ulteriore colpo di scena o dalla preoccupazione che Stefania volesse riprendere la sua ispirazione di poco prima.

«Ho pensato», disse quella, trafelata, «che Meyer potrebbe annullare l'operazione entro domani. Mi sono ricordata che quando si procede via Internet...».

«Non lo farà», la bloccò sicuro Baiamonte. «E in ogni caso ti ho coperto le spalle con un'assicurazione». E le mostrò le foto che aveva scattato con il cellulare durante le operazioni di vestizione del tedesco. Alcune pose sembravano inequivocabilmente quelle di un incontro molto intimo sul letto. «Eventualmente puoi utilizzare questo argomento con una certa Greta. Ma non ce ne sarà bisogno. Queste comunque le tengo io. Come ricordo. Come ricordo anche di altre foto, più antiche, che ti riguardano. E che adesso sono state così definitivamente cancellate. O no?».

Mancavano dieci minuti alla mezzanotte quando Enzo raggiunse, invisibile come un ladro nell'attraversamento del salone, il collo di Rosa e vi stampò le labbra sussurrando poi: «*... e dal pugno chiuso / una carezza nascerà...*».

«Enzo», fece lei sussultando e distendendo in un attimo le pieghe della tristezza sul suo viso. «Ce l'hai fatta appena in tempo. Tutto a posto con Nicolino?».

«Sì, è stato più complicato del previsto, ma alla fine ho riparato il guasto...».

Dieci minuti dopo, Enzo e Rosa venivano innaffiati dallo spumante schizzato dai bicchieri grazie ai calorosi auguri di Filippo Inguaggiato. E mezz'ora più tardi ballavano accanto alle altre coppie un'accettabile versione di «What a wonderful world».

«Mi è venuta un'idea, Rosa. Che ne diresti di mollare tutto e tutti e di andarcene sulla spiaggia di Mondello? Io e te da soli, mi sembra così...».

«... romantico?».

«Ecco, appunto...», arrossì Enzo. E poi pensò: «Chissà, forse Gerry mi presterà per qualche altra ora la sua Musa...».

Marco Malvaldi

Il Capodanno del Cinghiale

«Tuuuutti mi dicon Maaa-remma, Mareeeeeeem-maaaa...».

A passo serrato, deciso, i piedi del brigadiere Bernazzani percorrevano il corridoio, verso la sala d'attesa.

«... ma a me mi seeembra unaaaa, Maremmaamaaaa-aaaa-raaaa».

Intorno a Bernazzani, sovreccitato, il cane antidroga e pro carboidrati Brixton saltellava, fedele esecutore degli ordini di lealtà canina per cui il padrone, colui che ti fornisce la quotidiana dose di cibo, carezze e legnetti da riportare, non si abbandona mai.

«L'uccello che ci vaaaa, per-de la peeeeeennaaaa...».

Una volta accanto alla porta della sala d'attesa, Bernazzani respirò profondamente, quindi entrò nella stanza d'improvviso.

Di fronte al brigadiere si parò uno spettacolo piuttosto insolito, per il luogo in cui si trovava. Una trentina di persone in saio marrone, con un cordone bianco intorno alla vita e coi sandali indossati direttamente sui piedi nudi, cantavano in coro.

In apparenza, frati. E in apparenza, ubriachi come minatori.

Solo che c'erano due particolari che non quadravano molto.

«... io c'ho peeerduto unaaa...».

In primo luogo, nessuno dei frati aveva la barba.

«... persona caaaa-aaaa...».

In secondo luogo, il canto stonava un po'. Non perché i cantori fossero stonati, ma perché l'inno che i personaggi stavano intonando, ovvero la canzone popolare nota come «Maremma amara», non era esattamente rispondente ai canoni del canto gregoriano.

«... raaa...».

«Allora!».

Incurante del fastoso abbaiare di Brixton, che voleva evidentemente unirsi al canto, il brigadiere troncò la canzone facendo rimbombare la porta con una manata.

In modo sgranato, i frati si zittirono.

«Siamo in una stazione di polizia!».

Senza guardare negli occhi il brigadiere, i frati tentarono di darsi un contegno.

«Ma vi sembra il modo di comportarvi? E che cazzo!».

Ottenuto silenzio, il brigadiere si guardò intorno per un attimo.

«Chi di voi è Viviani?».

Uno dei frati indicò verso una stanza.

«Sta facendo la sua telefonata».

La stanza in questione era in effetti il centralino della stazione di polizia, da cui le persone arrestate effettuavano la telefonata che spettava loro per avvertire i parenti del fatto di avere qualche problemino di libertà personale. Bernazzani la raggiunse e si fermò davanti alla porta della stanza, da cui si sentiva una voce un po' impastata, ma dal tono non privo di autorità.

«Sì. Mi hanno arrestato. Esatto».

Breve silenzio.

«No. No, niente del genere. Sì, chiaro che ci hanno arrestato tutti. No, è successo che è morta una tipa, e noi...».

Breve silenzio.

«Sì, è morta vuol dire che è stata assassinata. E siccome noi...».

Silenzio di durata moderata.

«Sì, va bene, porto merda. Ormai è un fatto assodato. Allora, visto che porto così scalogna e dove vado vado ammazzano qualcuno, perché non si fa che te e tutti quegli altri ossimarci non vi trovate un altro bar? Perché sennò a furia di starmi vicino prima o poi qualcuno che vi garrota si trova. E non ci sarebbe nemmeno da cercare troppo lontano».

Silenzio carico di risentimento.

«No, il problema è che ammazzano sempre la persona sbagliata. Sì, va bene. Ciao».

Silenzio prolungato.

Dopo aver atteso un attimo, Bernazzani aprì la porta.

Un tizio dai capelli neri, con un grosso naso aquilino, che sarebbe stato più plausibile come imam che come frate se non fosse per il fatto che sembrava ancora più ubriaco degli altri, stava guardando il telefono come se l'oggetto fosse responsabile di tutti i mali del mondo.

«Massimo Viviani?».

Il frate si voltò.

«A volte desidererei di no».

Bernazzani lo guardò un attimo.

«Avanti, venga con me. La vuol vedere il commissario. E, guardi, non è proprio nella posizione di fare lo spiritoso».

«Allora. Lei è Viviani Massimo, nato a Pisa il cinque febbraio millenovecentosessantotto?».

Il commissario Valente alzò gli occhi dal monitor, e li puntò sul tizio vestito da frate seduto di fronte a lui. Lo pseudo religioso, respirando pesantemente, annuì.

«Di professione barista?».

Il frate annuì nuovamente.

«Barrista, per essere precisi».

«Lei conosceva la donna che è morta?».

Stavolta, sempre sospirando pesantemente, il frate negò.

«Ma era presente quando la donna è caduta dal matroneo?».

Il frate rimase un attimo immobile, smettendo di respirare.

«Si chiamava Marianna Osservatore. Nata a Gualdo Tadino il 25 gennaio 1973».

Il brigadiere Bernazzani, con una carta d'identità aperta in mano, guardò il commissario.

«Meno male che sappiamo la data di nascita. Dalle rughe sul viso, l'età non la indovinavamo di certo».

Davanti al commissario, in effetti, c'era il corpo di una donna sdraiata sull'altare, a faccia in giù, che abbracciava il freddo arredo marmoreo con quella calma convinzione che solo un cadavere può avere.

Il viso della donna non si vedeva, ed era un bene, visto che con ogni evidenza era atterrata di faccia sul sacro tavolo. Da qui la cinica battuta di Valente.

«Su questi altri tizi, invece, che sappiamo?» chiese il commissario.

Il brigadiere si voltò un attimo.

In mezzo al battistero, dietro al fonte battesimale, c'erano una trentina di frati francescani.

O, meglio, di tizi vestiti da frati francescani. I dubbi iniziali erano stati dissipati presto, in seguito alla richiesta di documenti, dai quali inequivocabilmente emergeva che i tizi in questione, da un punto di vista professionale, erano piuttosto ben assortiti – giornalista, ricercatore, tipografo, studente, impiegato, enotecnico – ma nessuno aveva, alla voce «professione», riportata la dicitura «religioso».

«Poco altro» rispose Bernazzani. «Quello che ha telefonato è quello laggiù».

«Quale? Quello col saio?».

«Sì, mi scusi. Quello alto coi riccioli, che sembra un libanese. Si chiama Massimo Viviani».

Mentre Valente rivedeva la scena il frate, sporgendosi lievemente in avanti, disse:

«No, scusi. La signora non è esattamente caduta. È stata spinta. O, meglio, qualcuno l'ha presa per le caviglie mentre era affacciata alla balconata e l'ha tirata di sotto. Questo...».

«Questo lo appureremo in seguito. Adesso ne parliamo. Prima di arrivarci, avrei un'altra domanda».

«Dica».

«Vorrebbe avere la bontà di spiegarmi per quale motivo, al momento in cui una donna a lei sconosciuta precipitava dal matroneo del battistero di San Giovanni, lei si trovava vestito da frate, insieme ad altri...» il commissario abbassò gli occhi «... ventinove tizi vestiti da frate, all'interno del battistero stesso, in un orario in cui questo cavolo di battistero dovrebbe essere chiuso al pubblico?».

Il frate prese un respiro più profondo.

«Eh, sì. È per il Capodanno del Cinghiale».

Il commissario giunse le mani.

«Signor Viviani?».

«Dica».

«Si offende se le dico, visto che oggi è il 25 marzo e che non vedo cinghiali, che non la seguo?».

Il frate respirò nuovamente, guardandosi gli alluci.

«Eh, no. Capisco. È una storia un po' lunghetta. Se ha tempo...».

«Se ho tempo? Lasci che le chiarisca la situazione, signor Viviani».

Il commissario si alzò dalla sedia e andò a sedersi sulla scrivania, di fronte a Massimo.

«Sto indagando sulla morte di una persona, che è deceduta a seguito di una caduta dalla balconata di un battistero. Io mi rendo conto che lei, da privato cittadino, non possa avere molta dimestichezza con questo tipo di faccende e... Non c'è niente da ridere, signor Viviani».

«No. No, scusi, ha ragione».

«Le dicevo, io sto indagando su di una morte violenta. E ho trenta testimoni da interrogare».

Il commissario tacque un secondo, prima di aggiungere:

«Tutti e trenta ubriachi. Ubriachi come cosacchi».

Il commissario tacque ancora un momento. Poi concluse:

«E finora non ce n'è uno che mi abbia fornito la stessa versione dei fatti. Lei mi capisce, se le dico che sono vicino alla disperazione?».

«Senza alcun dubbio. Però, scusi, è lei che mi ha chiesto...».

«Ha ragione, ha ragione. Mi scusi. Mi racconti pure tutto».

«Allora, è partito tutto a Capodanno. Eravamo tra amici...».

«Mi scusi. Capodanno vero, intende?».
«Capodanno, sì. Il 31 dicembre scorso, per essere precisi».

La sera del 31 dicembre 2011, per gli affiliati alla Loggia del Cinghiale, era stata una serata piuttosto movimentata.

Come sempre, la serata era stata divisa in due parti; nella prima parte («Capodanno con i tuoi») gli affiliati, le mogli, le fidanzate e i figli avevano passato la serata tutti insieme, fra lenticchie, barzellette, tovaglioli rossi e prosecco, in attesa dello scoccare della mezzanotte. Un Capodanno come tutti gli altri, iniziato col discorso del Presidente della Repubblica (imperdibile, da Pertini in poi) e proseguito in modo canonico, per volere degli stessi affiliati, con una granitica sequenza di portate d'altri tempi: insalata russa, tortellini alla panna, zampone con le lenticchie, pandoro, per finire con dodici chicchi d'uva da mangiarsi rigorosamente al ritmo dei rintocchi scanditi dalla tradizionale festa di piazza di Rai Uno, condotta da un Carlo Conti anch'egli tradizionalmente color mogano pure a fine dicembre.

Le tradizioni del Capodanno erano state rispettate in modo pedissequo perché, come tutti sapevano, questo non era un San Silvestro come tutti gli altri, e la cosa andava, in qualche modo, sottolineata. Secondo precisissimi calcoli Maya, infatti, il mondo sarebbe finito il 21 dicembre 2012, e quindi quello in corso era l'ultimo Capodanno della specie umana.

La Loggia del Cinghiale aveva quindi trascorso un sereno e festoso cenone con la famiglia secondo i dettami della tradizione, ottemperando così ai propri doveri di padri di famiglia e fidanzati amorevoli nella prima parte della serata.

Nella seconda («Capodanno con chi vuoi»), raggiunta una alcolemia da addio al celibato fra irlandesi, gli affiliati avevano salutato le famiglie ed erano partiti in processione per le strade di Follonica, ognuno vestito da frate cappuccino, per ricordare ai cittadini che quello in corso era pertanto l'ultimo Capodanno della loro esistenza, e che quindi se lo godessero appieno. Tale missione era stata compiuta con scrupolo, sia globalmente (per mezzo di megafoni industriali montati su di un carretto con amplificazione), sia singolarmente (suonando personalmente i campanelli dei cittadini, al fine di informarli della impossibilità di organizzare il Capodanno venturo).

Nel corso dell'evento, come sempre accadeva, la reazione dei cittadini era stata sfaccettata. C'era chi si metteva a ridere, chi reagiva con insulti o gavettoni di materiale liquido non meglio identificabile, e anche qualche illuminato che scendeva le scale e si univa con entusiasmo alla compagnia, venendo accettato all'istante come membro della Loggia a tutti gli effetti da quel momento in poi.

La processione missionaria aveva attraversato coscienziosamente tutta la città, dalle due alle cinque di mattina, alternando l'apocalittico annuncio con l'intonazione festosa di «Maremma amara» e di altri gioiosi canti, mentre il Tenerini sferzava gli adepti con una frusta fatta di salsicce, al fine di mortificare la carne.

La manifestazione, purtroppo, era stata interrotta alle cinque e sei minuti dall'intervento delle forze dell'ordine, avvertite da un certo numero di cittadini indifferenti al fatto che gli affiliati stavano svolgendo un pubblico servizio; e, alla richiesta di esporre le proprie generalità, espletata con rozzezza e maleducazione da parte di un agente, il Paletti (detto «il Poeta» per la sua facilità nel verseggiare all'impronta) aveva tenuto fede al proprio soprannome, rispondendo in parisillabo al gendarme:

Di cognome io faccio Paletti,
e pretendo che tu mi rispetti,
altrimenti codèsti gradetti
tu lo sai dove tu te li metti?

Il Paletti era stato quindi tratto in arresto per resistenza e oltraggio a pubblico ufficiale, e immediatamente tradotto in Questura.

Non era stato facile per il Paletti spiegare alla moglie che era stato arrestato per aver risposto per le rime a un agente di polizia; e per trovare il perdono della moglie, a un certo punto si era compromesso di fronte a tutti.

«Giuro che non bevo più fino al prossimo Capodanno».

«Come?» aveva chiesto il Tenerini.

«Ho detto...» aveva incominciato il Paletti per poi

esitare, essendo arrivata la consapevolezza che forse aveva fatto la cazzata.

«Hai detto davanti a tutti che non tocchi più un goccio d'alcol fino al prossimo Capodanno. L'hai detto o no?».

«Sì, l'ho detto, ma...».

«Ò, ragazzi, l'ha detto, eh» aveva a quel punto sottolineato il Chiezzi. «Testimoni noi, Laura, non ti preoccupare. Non gli si fa toccare nemmeno i boeri».

Così era cominciata l'astinenza alcolica forzata del Paletti, il quale non era affatto un forte bevitore, ma un tipo sociale, come la gran parte del genere umano; il genere di persona che arriva al bar la sera alle sette e ordina l'aperitivo. E, dopo un paio di mesi, l'apparizione del Paletti al Bar Impero per l'ora dello spritz e il conseguente ordine «Barrista, un tamarindo!» formulato dal Chiezzi a voce udibile fino al villaggio svizzero, da divertente aveva cominciato a diventare un po' stucchevole. Fu riunito il consiglio della Loggia, il quale decretò che un giuramento era un giuramento e che non si poteva romperlo così, senza motivo; ma, d'altra parte, c'era la ferma volontà di venire in aiuto ad un confratello che aveva commesso una leggerezza, pur senza contravvenire in alcun modo al giuramento fatto.

Fu il Chiezzi, che aveva studiato a Pisa, a tirare fuori la storia del Capodanno Pisano.

«Capodanno Pisano?».

«Eh sì. Insomma, signor commissario, lei ci vive qui. La conosce la storia del calendario pisano, no?».

«In primo luogo, io sono di Livorno. In secondo luogo, mi hanno destinato qui a giugno dell'anno scorso. Per cui, ignoro di cosa stia parlando».

«Ah. Va be'... Posso spiegarle?».

«Prego».

«Allora» disse Massimo, e prese fiato. «Fino a qualche secolo fa, la repubblica pisana festeggiava il Capodanno alla fine di marzo, invece che il primo di gennaio».

«Ah. Come gli antichi romani» rispose il commissario.

«No. Gli antichi romani lo festeggiavano il primo di marzo, con le calende. Invece a Pisa e a Firenze, dove son devoti alla Madonna, lo festeggiavano il venticinque di marzo, vale a dire per l'Annunciazione. Nove mesi prima che nascesse Gesù. A essere precisi, nove mesi e sette giorni».

«I pisani non sapevano contare nemmeno nel medioevo, via» disse Valente.

«Veramente, se c'è qualcuno che ha insegnato a contare al mondo sono proprio i pisani, nel medioevo. Ha presente un tizio che si chiamava Fibonacci? Ecco, prima usavano tutti i numeri romani».

«Va bene, signor Viviani, glielo concedo. I pisani sanno contare e festeggiano il Capodanno a marzo. E quindi?».

«E quindi, siccome il Paletti aveva giurato di non toccare alcol fino al Capodanno del 2012, al Chiezzi è venuta l'idea di venire a festeggiare il Capodanno a Pisa, in modo da poter tenere fede alla promessa e poter ricominciare a farsi l'aperitivo. In fondo, erano più di tre mesi che non toccava nulla. Poteva bastare» disse Massimo, sia come amico sia come barrista.

«A Pisa, quindi. Perché non a Firenze?» chiese il commissario, non senza una punta di critica per la scelta fatta.

«Eh no» disse Massimo, alzando un dito. «A Firenze festeggiano il Capodanno dell'anno prima. Cioè, mentre qui si festeggia l'arrivo del 2012, nello stesso momento a Firenze festeggiano l'inizio del 2011. Non valeva mica. E quindi abbiamo organizzato un bel cenone di Capodanno qui a Pisa per festeggiare l'evento. O meglio, siccome qui a Pisa l'anno nuovo inizia a mezzogiorno, abbiamo organizzato un pranzo».

«A mezzogiorno?».

«A mezzogiorno. Per essere precisi, nel momento in cui la luce del sole che passa dalla finestra tonda a est tocca l'uovo di marmo sotto la mensola accanto al pulpito, all'interno della cattedrale. Una cosa un po' da Indiana Jones. E infatti, in un primo momento il Bottoni aveva pensato di travestire tutti da esploratori, col cappello e la frusta. Poi, però, siccome c'era sempre in ballo il fatto che il mondo dovrebbe finire il 21 dicembre prossimo, e visto che ormai il saio ce l'avevamo tutti e che a Pisa non ci avevano mai visti, allora s'è pensato di rifare il travestimento dei frati».

«Se lo dice lei... Però, mi scusi, era proprio necessario travestirsi?».

«Be', come le spiegavo stamani, era una cosa della Loggia...».

Bastò una breve ricerca su Internet per confermare quello che il Viviani, insieme agli altri membri della masnada, aveva sostenuto dinanzi agli inquirenti: e cioè, innanzitutto, l'esistenza della associazione. La quale, a guardare lo Statuto regolarmente pubblicato in rete, doveva essere una accolita di buontemponi, a giudicare dall'Articolo 1 (che, piuttosto verbosamente, certificava che «Nello spirito dell'eccesso, nell'ebbrezza dell'alcol, nella voglia di stare insieme, nella certezza di fare casino, nella gioia dell'amicizia e nella ricerca della denuncia viene costituita l'associazione ludico-infamante-ricreativa che assume la denominazione di "Loggia del Cinghiale"») e dall'immediatamente successivo Articolo 2 (il quale, più laconicamente, asseriva «W la topa»).

La Loggia era solita organizzare, con frequenza semestrale, delle serate a tema (le cosiddette «cene del cinghiale») alle quali i membri si presentavano travestiti secondo quanto deciso in maniera democratica alla riunione precedente. I travestimenti – Babbi Natale, Banda Bassotti, esploratori della giungla ecc. – non erano necessariamente coerenti né col periodo dell'anno (la prima cena «Babbi Natale» era stata fatta ad agosto, mentre la cena «cinghiali dei Caraibi», tutti in maglietta e gonnellino di banane, si era tenuta a dicembre), né con altri fattori esterni di cronaca o altro, ma scelti, secondo precisa regola dello statuto, a cazzo di cane.

La cena era regolata in modo ferreo: ogni appartenente alla Loggia si presentava al luogo dell'appuntamento con il suo costume regolamentare, fornitogli in precedenza dalla Loggia, e completato dall'opportuno cartellino da apporre sul costume, con scritto «In caso di smarrimento riportare al Bar Impero».

E proprio al Bar Impero incominciava la serata, che veniva ufficialmente aperta al canto di «Maremma amara» e che prendeva l'abbrivio con il trittico di aperitivi (un americano, un negroni, un mojito e un prosecco, tanto l'aritmetica dopo tre cocktail a stomaco vuoto è la prima facoltà a saltare) e con un iniziale assaggio di innocue molestie ai passanti, con speciale riguardo per le donne munite di puppe.

Una volta raggiunto un sufficiente grado alcolico, la comitiva si spostava verso la cena, facendo in modo da disturbare, in modo simpatico e propositivo, ogni avvenimento pubblico incontrato lungo il tragitto, fosse esso tragico mercatino estivo di cianfrusaglia pseudo etnica o presentazione di libro fotografico sulle bellezze paesaggistiche di Follonica (uno dei libri più corti del mondo); particolarmente apprezzati erano concerti, chitarristi di strada o qualsiasi altro evento prevedesse uno strumento musicale che potesse essere usato, sempre d'accordo con lo strumentista e con il pubblico, per intonare la melodia di «Maremma amara», con coro obbligatorio di trenta-quaranta affiliati ubriachi da strizzare.

Quel che succedeva a cena non è il caso di riportarlo, vista la probabile presenza di lettori minorenni. Quel che succedeva dopo cena, nessuno solitamente è in grado di ricordarselo. Ed è un bene.

«Quindi, insomma, avete deciso di organizzare un Capodanno del Cinghiale a Pisa per poter finalmente permettere al succitato Paletti Andrea di poter ricominciare a bere».

«Esattamente».

«Mi potreste descrivere i vostri spostamenti? Dove siete stati, cosa avete fatto...».

«Dunque. Prima di tutto siamo andati a fare l'aperitivo...».

Il telefono squillò. Senza farlo suonare una seconda volta, il commissario rispose.

«Valente».

«Ciao Rocco, sono Daniele».

«Oh, bravo Daniele. Che mi dici?».

Da bravo medico legale, Daniele Birindelli innanzitutto prese le distanze.

«Allora, quello che ti dico è tutto in via ufficiosa. Per avere l'ufficialità, dovrai aspettare il rapporto. Ho pensato che ti interessasse sapere qualcosa in anteprima».

«E hai pensato proprio bene. Allora?».

«Allora sì».

«Sì cosa? Tua mamma è zoccola?».

«Anche» ridacchiò Daniele «come la tua, del resto. Ma la risposta era alla domanda "qualcuno ha ucciso questa tizia?"».

«Ah. E come fai a dirlo?».

«Qualcuno l'ha presa per le caviglie. Ci sono dei lividi premortem che indicano che una persona si è chinata e l'ha afferrata strettamente a entrambe le gambe, sopra il piede, intorno ai malleoli».

«Ah».

«Tutto ufficioso, per ora, eh. Per quanto...».

«Sì, sì, tranquillo. Aspetto il rapporto. Grazie».

Rimesso a posto il telefono, Valente guardò di nuovo il finto frate.

«Mi diceva dell'aperitivo».

«Sì. Siamo andati a fare l'aperitivo in piazza delle Vettovaglie, in un posto...».

«Mi scusi. Lei non fa il barista?».

«Il barrista, sì».

«E perché non avete fatto l'aperitivo da lei?».

Massimo guardò il commissario come si guardano gli scemi.

«Be', i motivi sono molteplici. In primo luogo, il mio bar non è a Pisa, ma è a Pineta».

«Non è lontanissimo».

«Se uno è sobrio, no».

«Ho capito. E l'altro motivo?».

«Vede, io in quel bar ci lavoro. O meglio, è mio».

«Certo, la capisco. Non si mischia il lavoro col piacere» disse Valente, con amabilità. «Non sarebbe bello farsi vedere ubriaco nel proprio bar, vero? I clienti abituali potrebbero avere qualcosa da ridire».

E non solo su quello.

«Sì, diciamo che è piuttosto probabile. Ma soprattutto, conosco i miei polli».

«In che senso?».

«Vede, io ho conosciuto i ragazzi della Loggia proprio una sera davanti al bar. Questi tipi si sono messi in mezzo alla strada e hanno fatto finta di organizzare un torneo di bocce, con tanto di transenne e tutto. L'unica cosa che non avevano erano le bocce. Hanno fatto un casino che la metà bastava. A un certo punto sono uscito e gli ho portato da bere».

«Per convincerli ad andare via?».

«Ma nemmeno per idea. Già il fatto di avere davanti al bar una maggioranza di persone nate prima della seconda guerra mondiale è rasserenante. Poi, con tutto il casino che hanno fatto mi avranno portato un centinaio di aperitivi in più. Mi sembrava carino ringraziarli. E loro mi hanno dato una wild card».

«Cosa?».

«Una wild card. La possibilità di partecipare ai lavori della Loggia, cioè a una cena sociale, che viene concessa ad un esterno in sintonia con gli ideali della Loggia. Poi, da lì...».

«Mi scusi. Questo accadeva quando?».

«Dieci anni fa».

«Quindi ormai li conosce piuttosto bene, no?».

«Abbastanza da non farli entrare nel mio bar la sera della cena sociale».

«Va bene. Lasciamo stare la sua deontologia professionale. In piazza delle Vettovaglie, mi diceva».

«Sì, esattamente. Siamo stati lì un'oretta e mezzo, circa. Poi siamo andati a pranzo, per prima cosa. In un posto che si chiama Bistrot, in piazza della Pera».

«Quanti eravate?».

«Trenta... eh, questo lo dovrebbe chiedere al tesoriere. Mi sembra trenta esatti, ma non son sicuro».

«E chi sarebbe il tesoriere?».

«Si chiama Emiliano Bernardini. È quel ragazzo col pizzetto...».

Il commissario prese il telefono.
«Bernazzani?».
«Dica».
«Mi può mandare qui Bernardini Emiliano?».
«Subito».
Un attimo dopo, il telefono squillò di nuovo.
«Valente».
«Sì, dottore, sono Bernazzani. Pare che Bernardini sia chiuso nel cesso da venti minuti. I suoi amici sostengono di averlo sentito vomitare anche l'anima, e dicono che adesso non è improbabile che si sia addormentato sulla tazza. Che faccio, forzo la porta?».
«Lascia stare, Bernazzani, lascia stare. Già che ci sei, mi cerchi il numero di un ristorante? Si chiama Bistrot. In piazza della Pera. Grazie».

Il proprietario del Bistrot, al secolo Giovanni, confermò che a pranzo il ristorante era stato completamente riservato da un gruppo di debosciati che si erano presentati già ubriachi all'inizio del pasto. Pasto che, nonostante fosse marzo avanzato, era stato richiesto in conformità al Capodanno, con tanto di lenticchie e di melagrana.
«Sono andati via verso le tre e mezzo» disse il trattore, evidentemente ancora provato. «Il più sobrio era gonfio come una damigiana».
«Mi scusi. Si ricorda quanti coperti ha servito?».
«Sì, un attimo». Fruscio di fogli. «Erano trenta».
«Trenta esatti? Cioè, hanno prenotato o...».
«Hanno prenotato per trenta. Sono arrivati qui in

trenta. Hanno mangiato per trenta e bevuto per centottanta».

«Ho capito. Trenta coperti esatti».

«Contati. Cosa hanno fatto?».

«Niente. Li stiamo trattenendo per accertamenti».

«Ecco, bravi. Tratteneteli forte. Io un gruppo di teste di cazzo così non l'avevo mai visto in vita mia».

Dopo il pranzetto, conclusosi con il caffè e con alcuni scambi di contumelie con gli abitanti della piazza, l'austera comitiva si era mossa verso piazza del Duomo in clamoroso ritardo sull'inizio dell'anno nuovo, ma ancora in tempo per farsi notare dalla cittadina tutta. La comitiva, nonostante le generose sferzate con la frusta di salsicciotti per mezzo della quale il Tenerini tentava di alzare il ritmo, aveva tenuto una velocità di gruppo piuttosto ridotta a causa di deviazioni continue dei singoli membri.

Una volta giunti in piazza del Duomo, verso le cinque, i soci cinghiali si erano messi diligentemente in fila di fronte al battistero, ognuno con il proprio biglietto in mano. Il biglietto per la comitiva era stato acquistato dal Bernardini la mattina stessa, in modo da terminare la giornata secondo il piano prestabilito.

Detto piano intendeva sfruttare in tutta la sua potenza la meravigliosa acustica del battistero di San Giovanni.

«È davvero così particolare?».

«Straordinaria, commissario. Ed è tutto dovuto all'architettura. Vede, deve sapere che il battistero ha una struttura interna assolutamente peculiare, e geniale come concezione. Peculiare perché la cupola, in realtà, sono due cupole concentriche; c'è una cupola interna, dodecaedrica, sulla quale è stata chiusa una cupola esterna, che invece è emisferica. Geniale perché il battistero stesso, in realtà, è un indovinello».

«Eh?».

«Un indovinello. Non me lo sto inventando, è roba seria. In pratica la cupola interna, essendo un dodecaedro, ha dodici spicchi, mentre il basamento è diviso in venti archi. Il minimo comune multiplo tra dodici e venti è sessanta, e infatti la parte superiore e quella inferiore sono raccordate da sessanta colonnine, cinque per ogni spicchio».

La mascella del commissario si aprì lievemente.

«E cinque è proprio il numero caratteristico del progetto, perché il monumento...».

La mascella del commissario si richiuse.

Risparmiamo al lettore i dieci minuti seguenti, nei quali Massimo ritenne necessario spiegare nel dettaglio al commissario, così come lo aveva raccontato qualche giorno prima ai membri della Loggia, il mirabile progetto di Diotisalvi, basato sulla costruzione di una stella a cinque punte inscritta in un pentagono regolare tramite il solo uso di riga e compasso, e di come tale costruzione mettesse in relazione la struttura interna con quella esterna tramite il numero noto come «sezione aurea»; numero che ormai a ognuno di noi, grazie a Dan Brown, è noto essere alla base di ogni bell'oggetto realizzato dall'uomo, e che nel battistero di San Giovanni si concretizzava in una straordinaria capacità di armonizzare qualunque suono.

Tutto questo era stato compreso dai soci cinghiali in modo piuttosto approssimativo e farraginoso, e ciò non di meno tale da destare la curiosità del gruppo. In particolare la cosa aveva colpito il Tenerini, il quale aveva proposto che il Capodanno Pisano si chiudesse appropriatamente intonando in coro «Maremma amara» all'interno del monumento.

«E quindi?».

«E quindi siamo entrati e ci siamo finti un gruppo in visita. Abbiamo tenuto tutti un comportamento dignitosissimo, serio e compunto».

«Tutti?».

«Be', quelli più gonfi sono stati scortati con discrezione su, nel matroneo, in modo che venissero notati il meno possibile. Per dare meno nell'occhio, poi, prima di entrare ci eravamo tolti tutti la tonaca».

«Ah».

«Eh sì, eh. Perché un gruppo di frati non è che passi tanto inosservato. Allora, siccome il piano era di entrare e di rimanere nascosti dentro il battistero fino all'ora di chiusura, non è che potevamo entrare vestiti da frate».

«Mi scusi, qual era il piano?».

Massimo si fermò un momento.

«Dunque, in teoria sarebbe un reato...».

«Anche il disturbo della quiete pubblica è un reato, signor Viviani. Anche la falsa testimonianza o la reticenza». Il commissario picchiettò la penna sulla scrivania. «Guardi, signor Viviani, la tranquillizzo subito: stiamo parlando di un omicidio. Che lei sia rimasto in modo premeditato dentro un battistero oltre l'orario di chiusura... per dirla francamente, non me ne frega un cazzo. Quindi?».

«Ecco, siccome eravamo piuttosto sicuri che i guardiani se la sarebbero presa a male se ci fossimo messi a cantare "Maremma amara" in battistero, avevamo deciso che ci saremmo nascosti in modo da rimanere dentro oltre l'orario di chiusura. Ma per fare questo non potevamo entrare vestiti da frate. I guardiani avrebbero visto un gruppo di frati entrare e poi non uscire più. Insomma, un frate lo noti. Quindi ognuno, prima di entrare, si era tolto la tonaca e l'aveva nascosta nello zainetto».

«Benissimo. E poi?».

«E poi ci siamo nascosti aspettando le cinque e mezzo. A quel punto i guardiani hanno chiuso. Noi abbiamo aspettato altri cinque minuti, per essere sicuri, e poi ci siamo mossi».

«E che avete fatto?».

«Eh, abbiamo preso le tonache e ce le siamo messe. Siamo scesi tutti giù, e ci siamo radunati intorno al fonte battesimale».

«Ci avete messo molto».

«Un po' c'è voluto. Cominciava a essere buio».

«E poi?».

«E poi, una volta riuniti, il Paletti ha dato l'ordine e abbiamo cominciato a cantare. E mentre cantavo, ho alzato un attimo gli occhi e...».

Massimo chiuse gli occhi e si asciugò le mani, sfregandole sulle gambe.

«... e ho visto questa tipa appoggiata al davanzale, con un paio di mani che la prendevano per le caviglie. La donna non ha avuto nemmeno il tempo di capire. Il tipo le ha alzato le gambe e l'ha tirata di sotto».

«Il tipo?».

«Come?».

«Ha detto "il tipo". È sicuro che fosse un uomo?».

«Le mani erano da uomo. Anche il vestito».

«Ma lo riconoscerebbe?».

«No, no. Il viso non l'ho visto. Tutta la scena l'ho presente come un film, guardi. Le saprei anche descrivere le mutande della tizia. Ma il viso... Gliel'ho detto, era nel buio».

Le reazioni, in seguito all'accaduto, erano state piuttosto eterogenee. Qualcuno aveva gridato. Qualcun altro si era ammutolito. Altri, più ubriachi della media, avevano continuato a cantare, senza accorgersi di un bel nulla, fino a quando lo stupore dei compagni non aveva prodotto, con una specie di muto darsi di gomito, un progressivo e discontinuo affievolirsi del canto.

L'unico che aveva reagito con decisione era stato proprio Massimo. Che, essendo sprovvisto di cellulare, aveva chiesto al Chiezzi in modo netto, almeno nelle intenzioni:

«Leo, ce l'hai il cellulare?».

Al che, il Chiezzi aveva tirato fuori di tasca il cellulare (non senza difficoltà, visto che era nei pantaloni, sotto la tonaca, e il Chiezzi aveva in corpo circa sei aperitivi, quattro prosecchi e un altro litro di alcolici e superalcolici vari). Dopo due tentativi andati a vuoto, Massimo era riuscito miracolosamente a digitare due volte la cifra 1, seguita da una singola cifra 3.

«Pronto? Sì, buongiorno, sì. Senta, le volevo dire che ho appena assistito a un omicidio».

Nei pochi secondi di silenzio seguenti, il battistero tentò di armonizzare quell'apparente tentativo di rap, riuscendo a restituire solo un'ampia vibrazione incoerente. Una volta scemata l'eco, si sentì di nuovo la voce di Massimo.

«Mi trovo... mi trovo dentro il battistero del Duomo. Di Pisa, sì».

Il battistero, stavolta, messo di fronte ad un fraseggio più netto, riuscì a interagire con la voce di Massimo per prodursi in un interessante contrappunto. Come il poliziotto al centralino, del resto, al quale Massimo rispose.

«Eh, lo so che è chiuso. Sennò non telefonavo al centotredici, andavo dal guardiano. Sì. Sì, sono ubriaco. Questo è un dato di fatto incontrovertibile. Però le assicuro che davanti a me c'è una persona morta. Sì, caduta dal balcone. Sì, matroneo, balcone, faccia lei. La sostanza non cambia. È stata buttata di sotto ed è morta».

E, in seguito a quest'ultima frase, la Loggia del Cinghiale esplose in una babele.

«S'è buttata».

«No, ti dico che l'hanno presa per le caviglie».

«E io ti dico che s'è buttata».

«L'hanno presa per i piedi. L'ho visto coi miei occhi».

«Sì, è vero. Se l'hai visto coi tu' occhi n'hai viste due, che si buttavano».

«Ti dico l'ho visto! Era tutto illuminato, si vedeva bene».

«Illuminato da cosa, brodo? Son le cinque e quarantotto e siamo dentro a una cappella con delle finestre grosse come i bollini dell'Esselunga. Non ti vedi la fava, fra poco, e hai visto uno a dieci metri?».

«Ti dico che era illuminato. Sembrava un quadro del milleottocento».

«Te invece sembri uno del millenovecentosette. Senti là che discorsi da rincoglionito...».

«Ha ragione il Paletti, pochi discorzi, via».

«Ti dìo che l'ho visto bene in faccia».

«Tenero, già sei alto un metro e dodici con la cresta. In più eri dietro al Guidi. Non saresti in grado di vede' se un nano cià la forfora, e mi voi di' che hai visto cosa succedeva lassù. Ora dimmi te...».

La prima cosa che fece la polizia, una volta entrata nel battistero, fu di sedare la rissa. La seconda fu di far uscire dal battistero i tonacati uno per uno, contandone il numero.

La terza, dopo averli disposti in fila sul prato antistante il monumento, fu di far annusare tutti gli affiliati dal cane antidroga Brixton, in modo da verificare se i soci fossero, oltre che palesemente ubriachi, anche in possesso di qualche sostanza psicotropa. Per questo, prima di far sfilare il canide, il commissario Valente aveva avvertito gli affiliati ad alta voce.

«Ragazzi, fra poco facciamo passare il cane antidroga. Se qualcuno fra voi ha dietro qualcosa ditecelo subito, che risparmiamo tempo».

Silenzio generale da parte degli affiliati. Il commissario, conscio che avvertimenti del genere andavano ripetuti due volte anche ai sobri, ricominciò:

«Ragazzi, avete capito? Fra poco passiamo con il cane. Se qualcuno di voi ha qualcosa addosso, il cane lo punta. Quindi, se avete da dirmi qualcosa, ditemelo subito, va bene?».

Nello stupore generale, il Ghini alzò una mano, esitante.

«Scusi».

Il commissario gli fece un cenno con il mento.

«Dimmi».

«No, cioè, volevo dire... quel cane è un maschio, vero?».

Il commissario si voltò un attimo verso il brigadiere Bernazzani, che confermò annuendo. Poi guardò di nuovo il Ghini.

«Sì, è un maschio. E allora?».

«No, siccome io ciò la canina in calore, allora volevo dire, ecco, non è che ora il cane mi punta, poi magari incomincia anche a trombammi la gamba, e voi poi mi spogliate qui davanti a tutti per cerca' qualcosa?».

Valente si voltò di nuovo verso il brigadiere.

«Bernazzani, per favore, portameli tutti in commissariato».

Nonostante le paure del Ghini, l'unico dei trenta a venire annusato da Brixton era stato il Tenerini, che si era poi visto confiscare dal suddetto rappresentante delle forze dell'ordine la frusta di salsicce, la quale era stata immediatamente analizzata per via organolettico-degustativa nella sua interezza, mentre i trenta confratelli venivano portati via. E questo, in un primo momento, era stato l'unico successo degli inquirenti.

In commissariato, un primo interrogatorio lampo non aveva infatti avanzato di molto lo stato delle indagini. Dei trenta affiliati, infatti, tre sostenevano che la donna era stata buttata di sotto da qualcuno, sei sostenevano che si era buttata da sola, diciannove sostenevano di non aver visto il momento della caduta e due erano convinti che la vittima fosse un uomo.

Adesso, dopo la telefonata del medico legale, almeno Valente sapeva che pesci pigliare. Perché di una cosa, ormai, era quasi certo.

Trenta persone si erano presentate al ristorante.

Trenta persone erano uscite dal battistero.

Fra quelle trenta c'era per forza l'assassino.

Ma chi è che approfitta di una cena fra amici per ammazzare una persona? E, soprattutto, come era possibile che nessuno conoscesse la persona che era stata...

«Viviani!».

«Presente» disse l'interpellato, che non si aspettava quello scatto da parte del commissario.

«Mi descriva un'altra volta, per favore, come funziona la Loggia».

«Sì. Cosa, di preciso?».

«Mi rispieghi questa cosa delle wild card».

«Ecco, a ogni cena ogni affiliato può richiedere una wild card, cioè una persona che non fa parte della Loggia, ma che conosce un socio cinghiale, può partecipare alla cena sociale».

«Quindi non vi conoscete tutti fra voi».

«Non necessariamente. Cioè, dopo un po' magari sì, però la prima volta che uno partecipa può essere che...».

«Capisco. Ci sono quindi a volte persone che passano la serata con voi conoscendo in realtà tre o quattro soci, giusto?».

«Sì. Poi quelle altre le conoscono man mano che la serata va avanti. Sempre che restino in piedi, certo».

Il commissario schiacciò il tasto dell'interfono.

«Bernazzani?».

«Presente».

«Per favore, vai da quelli della stradale e fatti prestare un etilometro».

«Commissario, guardi che non è mica un reato. In fondo mica stavano guidando...».

«Bernazzani, per favore, fai come ti ho detto. Lei, intanto, Viviani, mi faccia un favore».

«Allora, lei è il signor...» il commissario Valente scorse lo schermo del computer «... Pierluigi Fioretto, nato a Livorno il trenta ottobre millenovecentosettantuno?».

Di fronte a lui, un altro tizio vestito da frate annuì, confermando in questo modo di essere Pierluigi Fioretto. Dal momento in cui il commissario aveva richiesto la prova dell'etilometro, erano passate circa un paio di ore. Ore che erano state impiegate da Valente prevalentemente al telefono, con un occhio al computer, e da Fioretto in sala d'attesa, rigorosamente da solo.

«Per quale motivo è vestito da frate, signor Fioretto?».

«Be', per lo stesso per cui lo sono anche gli altri».

«Ne sono felice. E qual è, mi saprebbe dire?».

«Eh, festeggiare il Capodanno Pisano in modo un po' inusuale, diciamo così».

«Ah. Ho capito. Diciamo così. Non vorrebbe essere più preciso?».

«È un reato vestirsi da frate?».

«No, certo che no. Quando le cose si fanno in amicizia, figurarsi. Uno perde un po' il senso della misura, vero?».

«Eh, sì».

«Lei sa perché è qui?».

«Be', credo che lei voglia sapere della tizia che è caduta dal matroneo».

Il commissario guardò Fioretto negli occhi.

«È caduta, vero? Si figuri che qualcuno sosteneva che è stata buttata. Qualcuno invece nemmeno l'ha vista. Qualcuno ha visto cadere un puffo, invece di una donna. La maggior parte, probabilmente, ne deve aver visto tre o quattro».

Fioretto non rispose.

«E lei invece mi dice che è caduta, o che si è buttata, da sola».

«Be', io non ho visto niente...».

«Ed è un peccato, signor Fioretto. È un peccato. Lo sa perché?».

«No...».

«Perché, dai dati dell'etilometro, risulta che lei sia l'unico dei trenta suoi, diciamo così, confratelli ad essere completamente sobrio».

Padre Fioretto non rispose. Il commissario, dopo qualche attimo di denso silenzio, continuò imperterrito.

«Lei si ritrova, vestito da frate, in una accolita di persone vestite da frate, le quali festeggiavano il Capodanno Pisano, come dice lei. Si ricorda per quale motivo festeggiavate?».

«Be', è il Capodanno Pisano».

«Nessun altro motivo?».

«Non mi viene in mente altro».

«Le rinfresco la memoria. La festa era organizzata per un vostro correligionario che poteva ricominciare a bere, dopo aver rispettato un voto. Pur tuttavia lei non ha toccato una goccia d'alcol. Cioè, lei è l'unico della... come la chiamate, questa associazione?».

Fratel Fioretto non rispose, limitandosi a guardarsi i piedi. O meglio, le scarpe. Perché, in mezzo a tanti frati muniti di sandali portati direttamente sui piedi nudi, quello seduto di fronte a Valente era l'unico ad avere delle calzature adeguate al freddo pungente della giornata. Uno dei due particolari – l'altro era la fede nuziale all'anulare sinistro – che evidenziavano la sua natura laica.

«Non si ricorda nemmeno questo. Insomma, signor Fioretto, la sua presenza in mezzo a questa accolita mi sembra un tantinello strana».

«Non ho detto di conoscerli. Perché faccio la stessa

cosa che fanno altri, non è detto che li conosca, no? Secondo lei tutti i travestiti si conoscono per nome?».

«Giusta osservazione. È vero, non è necessario conoscersi per fare la stessa cosa, per quanto strana sia. E nemmeno per trovarsi nello stesso posto. Lei, in fondo, si è trovato chiuso all'interno del battistero in mezzo a persone che non conosceva. Inclusa la vittima, Marianna Osservatore. Perché lei non la conosceva, vero?».

«No, che non la conoscevo».

«Allora lei dev'essere davvero una persona generosa».

Silenzio.

«Sì, perché dal suo conto in banca negli ultimi due anni risultano parecchi versamenti a favore della signorina Osservatore. Versamenti di qualche centinaio di euro, a volte anche di qualche migliaio».

Ancora silenzio. Chissà perché.

«Vede, signor Fioretto, ho come la sensazione che lei mi stia prendendo per il culo. Adesso, se ha un attimo di tempo, le spiego perché. Oggi, per una circostanza del tutto particolare, trenta persone decidono di celebrare il Capodanno Pisano vestendosi da frate, andando a pranzo fuori e ubriacandosi come cosacchi. Trenta persone precise. Poi vanno in battistero perché hanno deciso di collaudarne l'acustica, e si fanno chiudere dentro. Nell'intervallo di tempo in cui questi tipi sono dentro, una donna viene buttata giù dal matroneo. E noi, una volta arrivati sul posto, facciamo uscire trenta persone vestite da frate. E facciamo un errore. Perché le persone dentro al battistero, al momento del nostro arrivo, non erano trenta, ma trentuno».

Il commissario si prese una piccola pausa, per bere un sorsetto d'acqua. Mettere la gente alle strette gli faceva sempre venire una paurosa secchezza delle fauci.

«Trentuno, sì. Perché, mentre lei aspettava, all'interno del battistero è stata ritrovata una trentunesima persona. Si tratta di tale Leonardo Bottoni. A lei questo nome non dirà niente, ma ai suoi confratelli di là dice molto. Pare che si tratti del cosiddetto ciambellano della Loggia. E pare che oggi, all'inizio dei lavori, diciamo così, era presente. Ed ha seguito tutto l'itinerario dei suoi soci con il suo bravo vestito da frate, che non si è tolto nemmeno all'ingresso del battistero. Pare fosse troppo ubriaco per farlo. Infatti è stato scortato da due suoi sodali all'ombra del matroneo e rintanato dietro a una colonna. Colonna al riparo della quale si è addormentato, perdendosi tutto il casino successivo, e risvegliandosi solo un'oretta fa. Solo, intorpidito e senza più il saio. Qualcuno, mentre dormiva, glielo aveva sfilato».

Il commissario si permise un sospiro.

«Adesso, signor Fioretto, ho trentuno persone e trenta vesti da frate. Pare assodato che ventinove di queste siano restate addosso ai legittimi proprietari per tutta la giornata. Quello che le chiedo, adesso, è: da dove viene il saio che ha addosso? Qualcuno l'ha vista uscire di casa, stamani, vestito da frate, oppure...».

«Io che cazzo ne sapevo che era un frate finto?».

Quando ricominciò a parlare, Fioretto aveva un tono completamente diverso. Arrabbiato, sembrava. Quasi offeso.

«Ho visto questo tipo lì dietro a una colonna. Sembrava che stesse male. Ho pensato che un saio fosse un travestimento perfetto. Sarei riuscito a uscire dal battistero e a filarmela tranquillamente».

«Ma non si era reso conto che anche gli altri erano vestiti da frate?».

«Era buio! Era troppo buio per distinguere le cose da lontano».

Fioretto rimase in silenzio per qualche secondo. Nervosamente, si girava all'anulare la fede.

«All'inizio, mi sono reso conto solo che c'erano altre persone nel battistero. Proprio quando...».

«Proprio quando aveva deciso di uccidere la sua amante?».

«Non usi quel termine» disse Fioretto, con amarezza. «Non se lo merita. Era solo una stronza affamata, e io sono un coglione che si faceva ricattare».

«Affamata?».

«Affamata, sì. Ha presente quelle donne che si vedono nei film, a cui piacciono solo i maschi e il denaro? Ecco, io una così l'avevo incontrata nella realtà. Le piaceva il brivido, le piaceva, alla troia. I posti pericolosi, in mezzo alla gente. Le piaceva farsi portare a teatro, tanto per farle un esempio, e farsi servire nel palchetto. Questo le piaceva. Questo e i soldi. Non lo faceva passare per ricatto, eh. Era brava. Mi servirebbe questo, Pigi. Non è che mi presteresti un cinquecento, Pigi? E io dovevo stare dietro alle sue bizze. E ai suoi pruriti».

Immobile, il commissario stava a sentire, mentre Fioretto ormai aveva aperto le cataratte.

«Non ce la facevo più. Ieri sera mi ha telefonato, mi ha chiesto di incontrarla, la stronza. Perché non ci incontriamo a Pisa, mi ha detto? Domani è il Capodanno Pisano, ci sarà tantissima gente in giro. Magari mi porti in battistero. È un posto buio, ha detto con il suo tono da femmina fatale da tre soldi. Ispira la meditazione».

Fioretto smise di giocare con l'anello.

«Quando mi ha chiamato stavo guardando un film alla televisione. E mi è venuta un'idea».

Il commissario fece una faccia ammirata.

«Mi lasci indovinare. Scommetto che il film si intitolava *Inside man*».

Fioretto guardò il commissario, e si lasciò sfuggire un sorriso. Valente rincarò la dose.

«Sì, devo ammettere che è un'idea geniale. Restare dentro il battistero oltre l'orario di chiusura, fare quello che doveva fare e uscire indisturbato il giorno dopo, mescolandosi ai turisti, dopo aver nascosto tutto al piano di sopra, nel matroneo. Ne avrebbe avuto il tempo. Come ha fatto a convincerla?».

«Convincerla? Quella era matta, commissario. Ho solo dovuto farle pensare che era una sua idea. Ci siamo trovati alle cinque, abbiamo girellato per una ventina di minuti, e poi le ho detto: Mi sono sbagliato, il battistero non chiude alle sei. Chiude alle cinque e mezzo. Avrebbe dovuto vedere il lampo negli occhi. Allora lasciamo che ci chiudano dentro, ha detto. Passiamo tutta la notte qui».

«E lei che ha fatto?».

«Ho fatto finta di resistere. Quel tanto che bastava per infoiarla ancora di più».

«Quindi non aveva il minimo sospetto».

«Sospetto? Ma figurarsi. Già era scema come una vacca, 'sta maiala».

Fioretto si sforzò di ridere.

«Avrebbe dovuto vedere quando questi tizi si sono messi a cantare. Si è affacciata alla balaustra per capire cosa succedeva, perché era buio e si vedeva male».

«E lei? Non ha pensato di rinunciare, con tutta quella gente?».

«Io credevo che nessuno mi potesse vedere. So un tubo io che proprio in quel punto andava a entrare il sole dalla finestra, era tutto buio anche lì. Dev'essersi spostata una nuvola all'ultimo momento. Quel che so è che mentre prendevo la maiala per le caviglie mi sono ritrovato il sole negli occhi. Non mi sono nemmeno potuto godere la sua faccia mentre cascava di sotto».

Valente sentì un sorriso che gli si allargava internamente.

«Capisco».

Tutta la complicità era scomparsa dalla voce del commissario. Il quale, quando Fioretto alzò lo sguardo, disse in tono volutamente burocratico:

«Quindi, lei mi conferma che è omicidio premeditato».

Il sedicente frate fissò il commissario per un attimo. Disprezzo.

Il viso del commissario era un blocco di sincero, assoluto disprezzo nei confronti del reo confesso.

Per quello che aveva fatto, per come l'aveva fatto, e per come l'aveva pensato.

E per essere stato così cretino da credere che la comprensione di chi gli stava davanti fosse autentica.

Mentre il sorriso di Fioretto si spegneva, Valente distolse lo sguardo portandolo sull'interfono.

«Bernazzani, per cortesia. Dobbiamo operare un arresto».

«Bene, signori. Secondo un articolo del codice penale che al momento non mi sovviene, siete sicuramente colpevoli di qualcosa. Vista la scarsa rilevanza del reato, e vista la bassa probabilità di reiterarlo, non vedo necessità di prolungare lo stato di fermo».

Di fronte a Valente, tornati grazie allo scorrere del tempo in una condizione assimilabile alla sobrietà, i soci cinghiali stavano attenti. La truppa era tornata al numero di trenta, grazie all'arrivo del Bottoni e al ritorno del Bernardini allo stato di veglia, e conseguente sortita dal cesso.

«Vi chiedo solo un favore: la prossima volta, se volete festeggiare Capodanno a marzo andate a Firenze. Me lo promettete?».

I soci cinghiali si guardarono. Con dignità, il presidente si erse in tutta la sua altezza.

Poi, nel silenzio, cominciò:

«Fra-teelliii, d'Iii-ta-liaaa...».

Uno dopo l'altro, gli affiliati si unirono al canto, con solennità. E piano piano, al suono dell'inno nazionale, la Loggia del Cinghiale nella sua interezza uscì dal commissariato, con la dignità tipica di chi, nonostante tutto, ha fatto ancora una volta il proprio dovere.

Appendice per gli increduli

Il nostro mondo, ormai abituato all'omologazione e alla stanca ripetizione di rituali di cui si perde il significato con il passare del tempo, potrebbe trovare questo racconto pieno di cose incredibili. Mi sembra pertanto necessario rassicurare il lettore su quali aspetti di questo piccolo raccontino siano completamente rispondenti alla realtà.

Il Capodanno Pisano si celebra effettivamente ogni 25 marzo, a mezzogiorno, quando la luce entrante da una finestra del Duomo illumina l'uovo di marmo posto accanto allo splendido pergamo di Giovanni Pisano. In questo modo si vuole celebrare l'inizio dell'anno con il momento in cui avvenne, per mezzo della procreazione miracolosamente assistita, il concepimento di Nostro Signore Gesù Cristo.

L'acustica del battistero di San Giovanni, opera di Diotisalvi, è effettivamente incredibile: la relazione che lega tale caratteristica alla stella a cinque punte che è alla base del progetto è stata studiata recentemente nel dettaglio e rivelata da Leonello Tarabella, basandosi sugli studi del matematico statunitense David Speiser. Il monumento è in grado di creare armonici di rara bellezza, per gustare appieno i quali non c'è documentario o filmato di YouTube che tenga. Se volete sentirlo, dovete recarvi sul posto.

Allo stesso modo, dal mondo della realtà ho preso di sana pianta la Loggia del Cinghiale, con il suo statuto, le sue cene a tema, i suoi travestimenti e la sua insana voglia di fare casino. So che sembra l'invenzione più incredibile di tutte; ma, credetemi, una cosa del genere io non sarei mai stato capace di inventarmela da solo...

Indice

Questo volume è stato stampato
su carta Holmen Book Cream
della cartiera Holmen Paper AB
nel mese di novembre 2023

Stampa: Officine Grafiche soc. coop., Palermo

Legatura: LE.I.MA. s.r.l., Palermo

Promemoria

1 Alicia Giménez-Bartlett. Uomini nudi
2 Antonio Manzini. Pista nera
3 Luisa Adorno. L'ultima provincia
4 Geoffrey Holiday Hall. La fine è nota
5 Colin Dexter. L'ultima corsa per Woodstock
6 Andrea Camilleri, Gian Mauro Costa, Alicia Giménez-Bartlett, Marco Malvaldi, Antonio Manzini, Francesco Recami. Ferragosto in giallo
7 Marco Malvaldi. Odore di chiuso
8 Giuliana Saladino. Romanzo civile
9 Franco Lorenzoni. I bambini pensano grande. Cronaca di una avventura pedagogica
10 Ella Berthoud, Susan Elderkin. Curarsi con i libri. Rimedi letterari per ogni malanno
11 Giosuè Calaciura, Andrea Camilleri, Francesco M. Cataluccio, Alicia Giménez-Bartlett, Antonio Manzini, Francesco Recami, Fabio Stassi. Storie di Natale
12 Hans Fallada. E adesso, pover'uomo?
13 Antonio Tabucchi. Di viaggi e di sogni
14 Marco Denevi. Rosaura alle dieci
15 Giorgio Fontana. Per legge superiore
16 Margaret Doody. Aristotele detective
17 Friedrich Glauser. Il grafico della febbre
18 Ben Pastor. Lumen
19 Alicia Giménez-Bartlett, Marco Malvaldi, Antonio Manzini, Francesco Recami, Alessandro Robecchi, Gaetano Savatteri. Vacanze in giallo
20 Esmahan Aykol. Hotel Bosforo

21 Luisa Adorno. Arco di luminara
22 Colin Dexter. Al momento della scomparsa la ragazza indossava
23 Yasmina Khadra. Cosa aspettano le scimmie a diventare uomini
24 Francesco Recami. Il ragazzo che leggeva Maigret
25 Christopher Morley. Il Parnaso ambulante
26 Maurizio de Giovanni, Alicia Giménez-Bartlett, Bill James, Marco Malvaldi, Antonio Manzini, Francesco Recami. Regalo di Natale
27 Lorenza Mazzetti. Il cielo cade
28 Joan Lindsay. Picnic a Hanging Rock
29 Penelope Fitzgerald. Il fiore azzurro
30 Maria Attanasio. La ragazza di Marsiglia
31 Alessandra Lavagnino. Le bibliotecarie di Alessandria
32 Gianrico Carofiglio. Testimone inconsapevole
33 Giampaolo Simi. Cosa resta di noi
34 Alicia Giménez-Bartlett, Marco Malvaldi, Antonio Manzini, Francesco Recami, Alessandro Robecchi, Gaetano Savatteri. Viaggiare in giallo
35 Maj Sjöwall, Per Wahlöö. Roseanna
36 Santo Piazzese. I delitti di via Medina-Sidonia
37 Alicia Giménez-Bartlett. Una stanza tutta per gli altri